열정이라는 착각

열정이라는 착각

| 최영선 지음 |

행복한미래

차례

🖤 1부 찬란했던 젊은 날

2부 열정이라는 착각

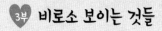

3부 비로소 보이는 것들

열정이라는 착각에 빠져

열혈 청년이라 불리던 사람이 어느덧 중년이 되어 두 주먹을 펴 봅니다. 아무것도 쥐지 못한 손바닥이 하얗게 드러납니다. 나는 그 동안 어떻게 살아왔길래 아무 것도 쥐지 못한 걸까? 자책이 밀려옵 니다. 그리고 성공한 사람의 영상을 보며 자신을 성찰합니다. 내가 무엇을 놓친 걸까? 따라 하지 못한 게 많습니다.

부끄러워 영상을 끕니다. 그리고 다시 돌아봅니다. 사람과의 관 계, 돈과의 관계를 어떻게 맺어왔길래 내 손바닥은 이리도 횅한 것 인가.

그렇게 되짚어 보다가 다시 시계를 앞으로 돌려봅니다. 만약 내 가 사회적 성공을 이루었다고 상상하고 사람과 돈의 관계를 풀어본 다면 어떻게 해석할 것인가.

그 상상은 의외였습니다. 앞서 성공한 이들의 언어와 다를 바 없었습니다. 그리고 나는 눈치챘습니다. 아무것도 되지 못한 내가 '열정'이라는 감옥 안에서 허우적대며 살아왔다는 사실을 말입니다. 무엇을 향해 열심히 살아야 하는지 방향과 목적이 분명하지 않은 상태에서 '열심히'만 신봉하며 살아온 내가 무엇을 놓쳤는지 깨달았습니다. 그래서 나보다 더 열정적으로 살았을 분들, 그러나 결과가 만족스럽지 못해 세상살이에 허무함이 남은 분들과 저의 이야기를 공유하고 싶었습니다.

일찍이 애어른으로 자라며 게으르지 않기 위해 애썼던 지난날을 이 책에서 이야기하고자 합니다. 매끈하게 관계 맺고, 어른처럼 말하고 행동하는 것이 일찍부터 몸에 밴 어린아이가 어른이 되어 겪을 수밖에 없었던 결핍이 어떤 것인지 보여드리고 싶었습니다.

때로는 놀면서 고통을 잊고 싶었지만 놀다가 돌아오는 길에 만난 강아지가 희망 없는 나와 똑같아 보여 서글펐고, 붉게 물든 저녁놀을 보면 막연한 그리움에 마음이 아렸습니다. 한껏 즐거운 시간이 지나면 서글픔과 허전함이 밀려왔고, 반지하 방은 유독 어두웠습니다. 반복되는 조울을 겪고 나서야 빛이 강할수록 그림자가 짙다는 사실을 알게 되었습니다.

또한 아름답지만은 않은 관계에 대해서도 이야기하고자 합니다. 우정이라 말하기 민망할 정도로 불편한 관계, 그러나 살아 있는 한, 어쩌면 죽어서도 헤어질 수 없는 관계로 인하여 피폐해졌던 일상을 나누는 이야기부터 풀어내려고 합니다. 그 관계 안에서 즐거움과 기쁨이 강렬할수록 짙은 그림자를 감당해야 했던 시간이 있었습니다. 그리고 시궁창 같은 관계의 불편함 속에서 허우적거리며 삶을 버텨낸 이야기들도 나누고자 합니다. 불편한 관계를 참고 견뎠던 시간과, 참다 못해 단절로 깔끔(?)하게 정리하면서 살아온 삶까지 포함해서 말이지요.

사실, 관계가 쿨하거나 깔끔하게 정리될 수 있다는 것은 거짓말입니다. 의식하지 못해도 몸 어딘가에 감정의 기억이 자리 잡고 있어, 비슷한 관계가 만들어질 때마다 비슷한 갈등과 단절이 반복되었습니다. 그 결과, 만남 자체가 두려웠던 시기도 있었음을 고백합니다. 결국 혼자서 관계에 대한 무기력증을 해결해 보려고도 하고, 때로는 전문가와의 상담으로 문제를 풀려고도 해봤지만, 대중 속에 섞이지 않은 채 혼자서 해결되었다고 생각하는 것은 위험하다는 것을 알게 되었습니다. 자신을 괴롭히는 환경을 벗어나 산속에서 홀로 지내다, 청정한 마음으로 하산하고 난 뒤 똑같은 괴로움으로 돌아가는 상태가 되기 때문입니다.

세상에는 각 분야의 전문가가 많고, 의식적으로 공부할 수 있는 정보도 많습니다. 하지만 알고 있는 것을 감각하고 바꾸는 일은 쉽지 않습니다. 운동하기로 결심한 날부터 헬스장에 등록을 하거나, 등산하기 위해 첫걸음을 떼기까지도 시간이 필요합니다. 그 사이에 운동을 할 수 없는 갖가지 이유가 만들어지고, 끝내 그 이유에 굴복하고 말았던 일도 얼마나 많았나요? 끊임없이 반복되는 괴로움과 두려움…. 그렇게 인생의 한 트랙을 겨우 버텨내신 분에게는 이 책이 작은 위로가 되었으면 좋겠습니다.

저는 이 글을 쓰고자 마음먹기까지 3년이 걸렸습니다. 『마돈나, 결혼을 인터뷰하다』(행복한나무, 2008)라는 책을 출판하고 나서 10년 뒤에 이혼했으며, 가정을 유지하고자 이런저런 마음 관리를 위해 썼던 활자들이 내 삶에서 산산이 부서지고 흩어지는 경험을 했기 때문입니다. 온갖 조언을 쏟아냈지만 정작 저자인 나 자신이 그런 삶을 살아내지 못했고, 출판사와 편집자에게 면목이 없어 마음이 납작했던 시간이 길었습니다.

그 사이 단편소설로 '518문학상' 신인상을 수상하여 등단하는 일이 있었습니다. 보잘것없다고 여겼던 소설 속의 주인공이 내게 위로와 격려를 보냈습니다.

한편 삶에서 맞닥뜨린 실패와 창피함은 나를 다소곳하게 단련시켰습니다. 그 과정을 강단을 넘어 독자들과 공유하고 싶어졌습니다. 그래서 용기를 내 나의 삶을 강연장으로 끌어냈으며, 그 이야기에 전국의 수강생들도 공감했습니다. 특히 노력에 비해 실패가 잦아 '업보'로 설명하지 않고는 어려운 내 인생에 대한 고백에, 많은 수강생이 공감하며 눈물을 흘렸습니다. 아무것도 되지 못했고, 경제적 부도 이루지 못한 평범한 중년 여성 강사가 바닥을 짚고 일어나 뚜벅뚜벅 걸어가기 위해 정진하는 모습 그 자체가 공부였다고 고백한 사람도 있었습니다.

이 책은 한없이 열정적으로 살았으나 현재 아무것도 되지 못했다고 여기는 그대와 나의 이야기입니다. 제가 비틀거리며 중심축을 잃지 않기 위해 애쓸 수 있었던 동력은 '자기 훈련'이었습니다. 고통스럽고 불편한 상황에서도 지혜롭게 상황을 해결할 수 있는 훈련, 감정에 휘둘리지 않고 이성적으로 판단할 수 있는 훈련은 (물론 지금도 그 훈련은 현재진행형입니다) 결코 쉽지 않았습니다.

우리가 생각만으로 끌어당김을 품는다고 해서, 간절하게 자기 소원을 빈다고 해서 현실이 원하는 대로 변하지 않는다는 사실을 이제는 잘 압니다. 그런 의미에서 이 책은 아름답거나 낭만적이지 않으며, 오히려 혹독하고 냉정합니다. 그러나 '행'하면 평안해질 수 있다는 것을 약속합니다. 어른이 되기 위한 자기 훈련으로 독자 여러분과 무탈하고 평안한 시간을 조금이라도 나누고 싶습니다.

대한민국이라는 좁고 인구 많은 땅에서 태어나 끊임없는 경쟁 속에서 살아내느라 애쓴 그대와, 열정 하나 믿고 쉼 없이 공부하고 일해왔지만 아무것도 되지 못해 면목이 서지 않는 그대에게 이 책을 바칩니다.

마음공부를 안내해 주신 박종이 스승님과 도반선원 김철홍 원장님, 그리고 도반들, 반려자 황토현, 복남이에게 이 글을 바칩니다. 작가와 편집자로서 함께 성장해 온 행복한미래 홍종남 대표님과 행복한나무 김경아 대표님께 감사의 인사를 드립니다. 고맙고 또 고맙습니다.

1부
찬란했던 젊은 날

불행한 얼굴로, 여기 뉴월드에서

"우리 죽지 말고 오래오래 불행하게 살아요. 그리고 내년에도 내후년에도 만나요. 불행한 얼굴로, 여기 뉴월드에서."

조현훈 감독의 영화 《꿈의 제인》에 나오는 제인(배우 구교환)의 대사다. 영화는 혼자 남겨지는 게 두려운 주인공 소현이 가출팸과 제인을 만나면서 겪는 이야기로, 사는 게 무엇인지, 무엇을 붙잡고 살아야 할지 가슴 먹먹한 질문을 던진다.

고작 스무 살의 제인은 삶이 너무 길고 지루하게 느껴질 정도로 활기가 없다. 가출팸의 불행한 청소년기를 통과하여 어른이 된 듯한 제인은 트랜스젠더이자 가출팸의 엄마 역할을 한다. 그는 '불행하더라도' '불행하게' 살자는 메시지를 전한다.

많은 이들이 인생의 목적이 '행복'임을 의심해 본 적 없을 것이다. 무엇이 되고 싶다는 것도 행복해지기 위한 것이고, 무엇을 하고 싶다는 것도 행복해지기 위한 것이다. 그러니 아무것도 되지 못했다면 응당 행복이라는 목적을 이루지 못한 사람인 셈이다.

그러나 영화에서는 불행이 극복의 대상이 아니라 받아들이는 삶 자체이며 살아내는 과정이라고 말한다. 하지만 우리는 여전히 경제력, 사회적 인정, 건강한 신체, 아름다움, 가족관계 등 이상적인 행복의 상태에 이르고자 얼마나 애쓰며 살고 있는가. 경제력이 있지만 신체가 아름답지 못하고, 아름답지만 가족관계가 좋지 않은 경우도 있다. 모든 것을 갖추고 살기는 어렵기 때문에, 우리는 도달하지 못하는 이상향을 갈구하는지도 모른다. 우리가 보기에는 행복의 조건을 모두 갖춘 것 같은 사람도 극단적 선택을 하거나, 불행한 마음으로 살아가는 경우도 많다.

그렇다면 행복은 상태가 아니라 감정에 가까울 것이다. 행복의 조건이 외부에 존재하는 게 아니라 내면의 '감정'이라는 뜻이다.

나는 청소년기에 친구들에게 인기 있는 편이었다. 요즘 말로 '인싸'였다. 배우 흉내와 가수 모창을 하며 개그맨처럼 행동했다. 그러면서 학급 반장까지 했으니 인싸 중의 인싸라고 할 수 있다. 교사들은 '결손가정'의 아이가 밝게 자라는 모습을 흐뭇하게 바라봤다.

사람들은 10대 시절로 돌아가고 싶다는 말을 자주 한다. 그렇다면 나는 그 시절의 나로 돌아가고 싶을까? 답은 No. Never다. 왜 그럴까. 인기도 많았고 인정받는 시간을 보냈지만 내가 느끼는 행복 감은 부재했기 때문이다. 내게는 학교 생활도 사회생활이었다. 본능적으로 살아내기 위해, 버림받지 않기 위해 애쓰면 살아냈던 시절이었다. 배꼽을 잡고 웃을 때도 있었고, 상을 받을 땐 성취감과 쾌감도 느꼈지만 그런 나를 따뜻하게 안아줄 가족이 없었던 나로서는 집에 돌아가는 길이 어둡고 무거웠다. 혼자 있을 땐 적적하고 고독해서 무서웠고, 함께 있을 땐 즐겁게 떠들었지만 허무한 시간이었다. 당시에 가출팸이 있었다면 나도 주인공 소현처럼 찾아갔을 것이다. 가족이 필요했기 때문이다. 쾌락과 고통이 롤러코스터같이 오르내리던 시절이었다.

외롭고 허전했던 청소년기를 보내고 난 뒤 성인이 되었고, 결혼도 했다. 꿈에 그리던 행복의 상태에 진입했다. 가족이 없어서 불행하고, 집이 없어서 불안했던 내게 시부모님이 생기고 집이 생겼다. 가족이니 서로를 챙기고, 함께 여행하고, 목욕탕도 같이 다니고, 적당한 때 아이도 태어났다. 아이는 시댁의 첫 손주라 가족 모두에게 이쁨을 받았고, 나는 일하면서도 아침 식사와 저녁 식사를 가족과 함께했다. 명절엔 전을 부쳤고, 제사상을 물리면 설거지를 끝내고 친정에 갔다. 부모 없이 자란 아이가 건물주의 며느리가 되자, 일가 친척은 나를 자랑스러워했다. 나 역시 보통의 가정을 일구고 산다는 사실에 안도했다.

그러나, 결혼한 지 1년이 되지 않아 나는 알아차렸다. 행복한 가정을 만들기 위해서는 누군가가 참고 희생하며 감정노동을 해야 한다는 것을. 그리고 나도 행복한 가정을 위해 나의 행복을 저당 잡혔다. 수술 후에 입원해 있는 엄마의 병간호를 하러 갈 때도 김장을 한 뒤에 가야 했고, 엄마 혼자 덩그러니 시골에 있는데도, 모든 명절은 시댁에서 먼저 지내고 나서 가야 했다. 불행을 피해 행복을 찾아 달리다가, 나는 제자리에 멈춰 생각했다. 몇 십 년을 행복을 향해 달려왔는데도 손에 잡히지 않는다면, 내가 엉뚱한 길을 달리고 있는 건 아닐까 하는 의심이 들었다.

그리고 결심했다.

제인의 말처럼 불행하게 오래오래 살아야겠다는 결심.

더 정확히 표현하자면 행복이 없는 상태로 오래오래 살아가고자 한다. 행복감이 생략된 행복은 없다. 있다면 있고 없다면 없는 행복. 그것이 없다고 생각하니 불행도 함께 사라졌다.

내 가족은 단출하다. 더 이상 평범한 보통의 가정이 아니다. 그리고 50세가 넘도록 아무것도 되지 못했다. 하루를 쉬면 하루치 수입이 줄어 경제적으로 불안정하다.

그렇지만 고요하다. 지극한 행복감이라고나 할까. 과거에 대한 부정적인 기억이 현재의 나를 괴롭히지 않고, 미래에 대한 두려움이 이 현재를 불안하게 하지 않기에 그저 하루하루 집중하며 다소 심심하게 살고 있다. 아무 일도 일어나지 않은 상태를 감사하게 여기고, 일어난 일에 대해 지혜롭게 해결할 수 있으리라는 믿음을 갖고 있다.

고요한 공간으로 여행을 떠나지 않아도, 시장통 한가운데에서도 고요함을 느낄 수 있다면 오래오래 불행하게 살아도 좋다. 지극한 행복감을 감각할 수 있다면 내년에도 우리는 비슷한 마음으로 만날 수 있다. 그게 뉴월드 아니겠는가. 아무것도 되지 못한 우리들의 신세계.

분노의 치약

사무실 창가에 화분이 하나씩 늘어난다. 기르고 보살피는 일을 잘하지 못하는 나에게 다육식물이나 스투키, 행운목 등 자주 살피지 않아도 자생력이 강한 식물이 고마울 따름이다.

돌이켜보면 나도 한때 나만의 정원을 가꾸던 시절이 있었다. 초등학교 4학년 때 일이다. 느닷없이 시골로 보내진 나는 심심한 시골의 시간을 어찌 보내야 할지 몰랐다. 책이라고는 화장실에 놓인 성경책이나 달력(당시 휴지 대용으로 쓰임), 불쏘시개로 쓰이던 『선데이서울』 잡지가 전부였으니, 이런 책들을 벗 삼기는 어려웠다. 안방, 건넛방, 마루가 전부인 작은 시골집 청소는 30분이면 끝나고, 저녁이 되어야 가마솥에 불을 지피고 쇠죽을 끓였기에 낮 시간은 텅 비었다.

이웃집 마당에 꽃이 피었길래, 나는 할머니를 졸라 씨앗을 구해

달라고 청했다. 그렇게 해서 해바라기와 과꽃, 분꽃, 맨드라미, 채송화, 봉숭아를 심었다. 하지만 향기가 없고 꽃 모양이 화려하지 않아서 예쁘지도, 매력적이지도 않았다. 그러나 물을 주고 풀을 뽑아주면 하루가 다르게 자랐고, 쉽게 시들지 않고 튼튼했다.

나는 그중에서 해바라기를 좋아했다. 고개를 15도 정도 기울인 채로 웃자라다, 결국 내 키를 훌쩍 넘겼을 땐 고소한 씨앗을 뱉어냈기 때문이다. 태양이 뜨거울 땐 축 처져 있다가도 물 한 바가지 끼얹어 주면 살아나는 꽃을 보며 난 매일 의기양양했다. 내 비록 내 의도와 상관없이 시골에 내려와 지루한 시간을 보내고 있지만, 너희들만큼은 내가 쥐락펴락할 수 있단 말이지.

그 무렵 막내 외삼촌이 제대했다. 내 방이었던 작은 방을 삼촌에게 내어주고 나는 다시 안방에서 외할머니 외할아버지와 지냈다.

삼촌은 말년병장의 모습 그대로였다. 모자를 삐딱하게 걸쳤고, 매일 저녁 친구들과 모임을 가졌다. 농촌 총각 몇몇이 모였고, 출출할 때면 나를 불렀다. 라면을 끓이라는 주문이다. 나는 잠을 자다 말고 부엌으로 나가 라면을 끓였다. 삼촌의 친구들은 나의 볼을 꼬집거나 머리를 쓰다듬었다. 삼촌은 '면발'을 마뜩잖아했다. 나는 남자 어른이 무서워서 시키는 대로 했다.

친구가 다녀간 아침이면 삼촌은 치약을 던져주며 청소를 시켰다. 천장 밖으로 나온 누런 전선 줄에 치약을 묻혀서 마른 수건으로 닦으라는 주문, 특히 방바닥을 치약으로 닦으면 묵은 냄새가 없어지고 깨끗해진다며 청소 방법을 알려줬다. 나는 키가 닿지 않는 전등은 청소하지 않았는데. 사실 감전될까 봐 두려웠다.

삼촌은 저녁 즈음 집으로 돌아와 자신의 방 먼지 쌓인 부분을 손바닥으로 쓸어보고는, 먼지가 묻어 있으면 가차 없이 다시 청소를 시켰다. 할머니께 일러바치고 싶었지만 참았다. 풀 냄새를 풍기며 곯아떨어진 할머니의 고단함에 짐을 보태면 안 된다는 것쯤은 알았기 때문이다.

얼마 지나지 않아 삼촌은 송아지 네 마리를 샀다. 할아버지는 사랑채에서 절단기로 벼를 작게 썰었다. 그것을 포대에 담아 가마솥 옆에 놓으면, 나는 가마솥에 불을 때 여물을 쒔다. 나중에 커서 여물 쑨 썰을 풀면 친구들은 믿지 않았다. X세대인 그들이 믿을 리 없지.

여하튼 나는 다른 노동에 비해 여물 쑤는 게 좋았다. 따뜻하게 익은 여물을 먹이통에 부어주면 송아지는 큰 콧구멍으로 '쉑쉑' 콧김을 뱉어내며 맛있게 먹었다. 또 눈은 얼마나 이쁜가. 눈망울이 커서인지 기분을 알아차리기 쉬웠다. 기쁜지 두려운지, 슬픈지 불안한지, 다 알 것 같았다. 내가 송아지의 눈빛을 읽어내면 송아지도 나의 마음을 알아주는 듯했다. 물을 듬뿍 주고 풀을 뽑아줘도 이쁜 얼굴로 승부를 보려는 꽃과 달리 송아지는 위로를 담아 나를 한 번씩 쳐다봐 주었다. 여물을 먹다가도 가끔 내 눈을 쳐다봤다. 내 기분이 어떤지 묻는 듯했다.

"속상해."

나는 두꺼운 손등을 비볐다.

겨울이면 손이 텄다. 가마솥에 데운 물은 삼촌 차지였다. 날이 추우면 세숫대야에 뜨거운 물을 담아서 갖다 바쳤다. 그는 방에서 양치한 후 대야에 물을 뱉었다. 나는 기다렸다가 그 물을 들고 나와 우물에 버렸다. 산뜻한 치약 냄새 섞인 하얀 김이 공중으로 피어올랐다. 난 그 물을 멍하니 보면서 혼잣말하곤 했다.

"나도 따뜻한 물에 세수하고 싶다."

그 겨울이 지나자 송아지 털 색깔이 진해졌다. 풀 먹이러 갈 때마다 여간 힘든 게 아니었다. 내 맘을 읽어주던 맑은 눈동자는 그대로인데, 고집이 생겼는지 내가 가려는 방향의 반대 방향으로 몸을 돌렸다. 어느 초저녁엔 풀을 다 먹이고 나서 줄을 풀어 데리고 오려는데, 한 마리가 잽싸게 도망쳤다. 멍하니 보던 녀석들이 내 눈치를 보며 주춤거리더니, 이내 함께 달려갔다.

나는 그 자리에 주저앉아 울었다. 어느새 온 삼촌이 네 마리를 다 잡아 우리에 가뒀다. 나는 혼이 날까 풀이 죽어 있었는데, 웬일인지 삼촌은 싱글벙글했다. 송아지를 야단치는 듯 손을 올리는 시늉을 하다가 등을 가볍게 문질렀다. 그 이후로 나는 송아지 풀 먹이는 일에서 해방되었다.

그런데 다음 해에 소 값이 헐값으로 떨어졌고, 삼촌은 빚을 지게 되었다. 그래서인지 한동안 짜증이 많아지고 자주 내게 치약 청소를 시켰다. 얼마 지나지 않아 삼촌은 집 뒤편 언덕에 굴을 파고 토끼 수십 마리를 기르기 시작했다. 토끼에게 풀을 주는 일은 내 몫이었다.

토끼는 이쁘고 귀엽지만 손 타는 걸 싫어해서 바라만 봐야 했다. 빠르지는 않지만 한번 도망치면 잡기가 영 곤란했다. 요리조리 잘 피하고 숨으니 도망칠까 늘 노심초사해야 했다.

그런데 그 수십 마리 토끼가 여름 장맛비를 맞고 병을 앓더니 모두 죽었다. 삼촌은 또 빚을 졌다. 삼촌은 술을 못 먹었지만 마치 술 주정하는 사람처럼 마루에 뛰쳐나와 소리를 지르거나 울음을 터뜨렸다. 되는 일이 없다며 발을 버둥댔다. 거듭된 실패로 청년의 가슴엔 천불이 났을 것이다. 나는 시끄러운 삼촌을 피해 숨어 있다가 조용히 집에 들어갔다. 삼촌은 또 나를 불러 청소를 시켰다. 아, 그놈의 치약.

"삼촌은 그때 어린 나에게 왜 그랬어?"

어른이 된 나는 물었다.

"네가 갑자기 우리 집에 와서 울 엄마 고생시키니까."

삼촌의 대답은 틀렸다. 그는 어머니를 애틋하게 생각하는 효자는 아니었으니까. 뒤늦게, 겸연쩍은 마음에 그리 둘러댔을 것이다.

삼촌의 20대, 내 편이 아닌 세상의 굴레 앞에서 자신이 마음대로 다룰 수 있는 것이라곤 어린 4학년짜리 조카가 유일했을 것이다. 의지가 꺾여서 생긴 분노는 가장 어리고 약한 것을 향한다. 그리고 상처받은 마음으로 타인에게 상처를 주면서 아픔을 재생산한다.

참 어리석기도 하지.

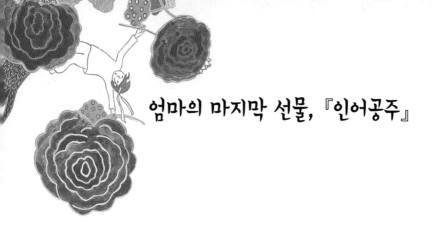

엄마의 마지막 선물, 『인어공주』

전철 안에서 손보미 작가의 『과학자의 사랑』을 다 읽어갈 무렵 얄궂게도 마지막 한 장을 남겨놓고 목적지에 도착했다. 마지막이 궁금해 책을 접을 수 없어, 읽으며 걷다가 행인의 어깨에 부딪혀 책을 놓치고 말았다.

그때, 문득 내 손에 쥐고 있던 어떤 물건을 놓쳤을 때 가장 아쉬울까 하는 생각이 들었다. 액세서리? 지갑? 돈? 휴대폰? 아니었다. 다 읽지 못한 책이 아쉬웠다.

2022년, 물욕을 줄여보려는 생각으로 그동안 수집하듯 모은 책 대부분을 작은 도서관에 기증했다. 그럼에도 여전히 책 앞에서 단호해지기 어렵다. 나는 언제부터 책을 사랑하게 되었을까?

그땐 슬펐지만 이제는 기억이 희미한 초등학교 3학년 겨울, 나는 외할머니와 엄마 손을 잡고 버스 정류장에서 용인행 버스를 기다렸다. 버스가 도착하면 떼를 써도 소용없고, 엄마 손을 놓아야 한다는 사실을 알았다. 만날 기약 없이 헤어지는 그 시간에 나는 엄마 손을 뿌리치고 문구점으로 달려갔다. 학교 후문에서 파는 위인전이나 동화 전집을 갖고 싶었지만 그동안 사달라고 조를 수 없었던 나는, 엄마가 이번만은 거절할 수 없으리라는 걸 본능적으로 직감했다.

"엄마, 『인어공주』책 사줘."

나는 늦된 아이였다. 초등학교 2학년이 되어서야 한글을 읽을 수 있게 되었다. 간판을 읽으며 글자를 익혔는데, 글 읽기에 재미를 붙이고 나니 책을 읽고 싶었다. 그러나 엄마는 먹고 입히는 것에 신경을 쓴 데 비해 학습에는 돈을 들이지 않았다. 주산학원이나 피아노 학원에 보내주지 않아서, 하교 후에 나는 늘 혼자였다. 책에 목말라 간혹 학교 도서관에서 책을 빌려 읽었다. 학교에서 읽다 만 『인어공주』의 결말이 궁금했다. 동화책은 늘 마지막이 중요하니까.

버스가 도착했다. 할머니의 한복 치마 끝을 잡고 버스에 올랐다. 차창 밖으로 슬퍼 보이지 않는, 무표정한 엄마가 나를 쳐다봤다. 바로 고개를 돌려 무릎 위에 놓인 『인어공주』를 펼쳤다. 기대했던 만큼 긴박감이 넘쳤다. 인어공주를 알아보지 못하는 왕자. 나는 알고 있는데 왜 왕자는 인어공주의 존재를 알아차리지 못하고 헛짓거리를 하는가. 나는 손톱을 물어뜯으며 다리를 떨었다. 그러고는 인어공주가 거품이 되어버린 결말에 실망하여 책을 소리 나게 덮었다. 어떤 결말이 '정의'로운 것인지 나는 알고 있는데, 왜 동화책의 끝을 그렇게 맺었어야 했는지 화가 났다. 그렇게 인생의 부조리를 글로 알려준 첫 번째 작품이 『인어공주』였다.

그런데 감정을 다해 책을 읽다 보니 후유증이 이만저만이 아니었다. 그 버릇은 커서까지 지속됐다. 폭식하듯 책을 읽었고, 독서량이 많아질수록 감정은 한없이 너울거리고, 책상에 앉아 있었을 뿐인데 마라톤을 뛴 사람처럼 심장이 벌렁거렸다.

엄마는 내가 초등학교 3학년이 된 봄에 재혼했다. 당시 옷 가게를 운영하던 엄마는 가게에 딸린 방에서 나와 생활했는데, 가게 안쪽 주택에 세 들어 있던 아저씨와 살림을 합치면서, 두 사람은 가겟방에서 생활했고 아저씨의 아들 두 명과 나는 안채의 방에서 살았다.

아저씨는 훈육을 한다며 자연스럽게 매를 자주 들었다. 이전엔 칭찬만 듣던 내가 이유 없이 함께 혼나야 하는 게 이해가 되지 않아 왜 나를 혼내는지 물으면, 건방지다며 더 야단맞았다. 한번은 성적이 오르면 원하는 걸 사준다고 해서, 열심히 공부하여 성적이 올랐다. 그러고는 시계를 사달라고 하니 오히려 화를 내며 옷걸이로 아이들 셋을 모두 때렸다. 나는 왜 성적이 올랐는데 때리냐고 덤볐다. 아저씨는 형제와 남매 사이엔 서로 공부를 도와줘야 하는데, 혼자만 성적이 올랐으니 같이 혼나야 한다며 눈에 힘을 풀지 않았다. 나는 억울했다.

그날, 옷 가게 방에는 밤새 큰소리가 오갔다. 다음 날 아침에 일어나 보니 엄마가 옷장을 열어 옷을 챙기고 있었다. 등을 둥그렇게 말고 작은 보자기에 옷을 담는 엄마를 보며 나는 드디어 엄마가 아저씨와 헤어지려나 보다, 하는 생각에 안심했다.

엄마는 분홍 보자기를 힘주어 묶더니 내 손에 넘겼다. 그런데 곧 바깥이 시끄러웠다. 용인에서 올라온 외할머니였다. 분노에 넘쳐 우렁찬 할머니의 목소리는 천둥소리 같았다. 할머니는 내 손에 들려 있던 보자기를 빼앗듯 들고 엄마와 아저씨를 향해 소리 질렀다.

"썩을 연놈들, 애를 어디다 보내?"

엄마는 나를 친아빠에게 보내려고 보따리를 싼 것이었다. 할머니는 나를 낚아채서 용인으로 내려갔다.

내 동화의 결말은 그러했다.

내가 꿈꾸던 '정의'는 어디로 갔는지, 나는 『인어공주』 책 한 권을 건진 채 엄마와 이별했다. 내 인생의 첫 번째 부조리였다.

스물네 살, 나는 자살하기로 했다

벚꽃이 만개하는 시절에 다른 사람은 무슨 추억을 떠올릴까? 매년 봄이 오면 순식간에 피어나고 감쪽같이 사라지는 꽃을 눈에 담기 위해 바쁘게 움직이는 사람들 틈에서 나는 20대 시절, 자살을 결심한 그날을 떠올린다.

가난한 농부였던 외조부모 밑에서 자란 나는 중학생 때부터 돈벌이를 멈춘 적이 없다. 당시 시골 중학교 앞에 매점이 있었는데 나는 그곳에서 떡볶이를 만들어 파는 아르바이트를 했고, 돈 대신 땅콩 샌드위치와 우유를 받았다. 도시락을 싸지 못하는 날이 많았으며, 차비가 없어 4~5킬로미터 되는 거리를 걸어서 등하교했다. 나는 그렇게 모은 돈으로 음악 테이프를 사고, 친구들과 어울렸고, 보충 수업비를 냈다.

인생의 목표는 오로지 스물네 살이었다. 스물네 살에 대학을 졸업하면 취직하여 부자가 되겠다는 생각으로 학창 시절을 버텼다. 대학교 졸업반 겨울에 출판학원을 다닌 뒤 당시 취업 담당자에게 사정하여 작은 출판사에 취직했다. 고등학생 참고서를 제작하는 회사였는데, 과목별 담당이 두 명이었고 나는 국어 과목을 맡았다.

그전까지 이른 아침 전철에서 회사원인 듯한 사람을 보면 내가 인생의 낙오자 같은 생각이 들고, 사람들의 눈빛이 모두 나를 비난하는 듯했다. 그러던 차에 취직이 되었으니 얼마나 기뻤겠는가. 취직했다는 사실, 사무실에 내 책상이 있다는 사실만으로도 가슴이 벅찼다. 이른 새벽부터 눈이 떠지고, 길거리에서 어기적대며 성가시게 발길을 멈추게 했던 비둘기들까지 쓰다듬고 싶을 지경이었다.

나는 천호동에서 압구정동까지 가는 시내버스 21번을 타고 출근했는데, 다른 직원들보다 30분 일찍 출근해서 바닥 청소를 하고 커피를 탔다. 누군가의 강요 없는 자발적 노동이었다. 일 역시 고되지 않았고 즐거웠다. 거래처인 인쇄소 직원이 방문하면 누구보다 먼저 문 앞에 나가 맞이했고, 친밀한 관계를 맺었다. 마감일에 숙소에서 밤을 새도 힘들지 않았다.

취직한 지 두 달쯤 되었을까, 한밤중에 누군가 반지하 방을 두드렸다. 엄마였다. 내가 초등학교 3학년 때 재혼한 엄마가 스물넷이 된 딸의 자취방 문 앞에 나타났다. 재혼한 남편의 폭력에 못 이겨 성인이 된 딸의 곁으로 도망쳐 온 것이다.

몹시 지친 모습이었지만, 엄마 얼굴을 보는 순간 가슴이 뛰었다. 그때만 해도 어린 마음에 이제는 엄마랑 살 수 있겠구나 하는 생각에 설렜다. 나는 부모의 보살핌 없이도 잘 컸다는 자부심이 있었기에, 엄마를 책임지기로 마음먹었다. 이제부터라도 모녀의 사랑을 맘껏 누리고 싶었다. 반지하 작은 창문으로도 옅은 햇빛이 들어오고, 그 공간엔 그리웠던 엄마의 찌개 냄새로 가득했다.

우리는 신림동 순대타운이며 유명한 맛집을 다니고, 동대문 시장에서 쇼핑도 즐겼다. 우리가 올라탄 버스 차창엔 나른하고 부드러운 빛이 시야를 채웠고, 버스 안에서 울리는 라디오 소리는 유쾌했다. 그 시간을 보내며 잠시 느꼈던 행복감을 수십 년이 흐른 지금도 잊을 수 없다.

아, 더도 말고 이대로만 산다면 얼마나 좋을까. 욕심내지 않고 살수 있겠구나. 반지하도 좋고 엄마도 좋고 일도 좋다. 연애하지 않아도, 결혼하지 않아도 딱 지금처럼 살면 되겠구나 싶었다.

그런데 얼마 지나지 않아 회사에서 퇴직을 권고받았다. 인원 감축을 해야 하니, 과목당 한 명씩 퇴사해야 한다는 통보였다. 당시만 하더라도 평생직장의 개념이 남아 있던 시절이라, 회사에서 '잘린다'는 건 상상할 수 없는 일이었다. 남들보다 일찍 출근하여 청소하고 커피 탄 나를 자르다니, 배신감이 컸다. 열정과 성실함이 부정당하는 기분이었고, 무엇보다 생계가 막막했다.

게다가 그 시기에 엄마는 폭력에 시달리다 건강이 악화되었는지 당뇨 진단을 받았다. 당장 인슐린 주사를 맞아야 한다고 했다. 갑자기 백수가 된 나는 엄마의 병간호까지 해야 했다. 주사기를 꺼내며 당연한 듯 누워 계신 엄마의 얼굴을 보니 갑자기 가슴에 있던 불덩이가 목구멍으로 올라오는 걸 느꼈다.

성실한 삶을 부정한 사회에 어떻게 하면 복수할 수 있을까? 내가 필요할 땐 나타나지 않던 엄마는, 남의 집 아이 기르다가 몸이 아파지니 그제야 나를 찾아온 건가?

꼬일 대로 꼬여버린 내 마음은 조금씩 생기를 잃어갔고, 독기마저 생겼다. 간신히 자기 밥벌이를 해결해야 하는 딸 앞에서 너무도 해맑고 당당한 엄마를 더는 고운 눈으로 볼 수 없었다.

독해진 나는 각종 지역 언론사, 전문지 등 국문과 졸업자로서 지원할 수 있는 이곳저곳에 이력서를 넣었지만 지방대 출신이라는 이유로 면접의 기회도 갖지 못하는 등 결과가 좋지 않았다. 그러다 겨우 한 지역 언론사에 취직했는데, 얼마 지나지 않아 IMF 체제가 시작되었다. 도시락 사업을 하다 망한 언론사 사장은 직원들의 신용카드로 '와리깡'한 돈을 갖고 도망쳤다.

나는 6개월 치 월급을 받지 못했다. 소액재판 소송을 걸어 이겼지만, 당사자를 찾을 수 없으니 아무 소용이 없었다. 병든 엄마를 간호하면서 생계를 꾸려야 하는 삶이 막막했다.

나는 이 고통을 끝낼 방법을 찾았다. 자살해야겠다고 결심했다.

장소는 바닷가. 한 번도 가보지 못했던 을왕리 바닷가를 찾아갔다. 벚꽃이 피는 시기여서인지 바닷가에는 사람들이 별로 없었다. 추위가 가시지 않은 황량한 모래사장에 한참 서 있다 보니 배가 고팠다. 주변 식당가는 모두 문이 닫혀 있었다. 포기하고 그냥 죽을지, 아니면 배라도 채우고 죽을지 갈등했다. 죽느냐 사느냐, 이것이 문제가 아니라 먹느냐 마느냐, 이것이 문제였다.

주변을 둘러보니 한 횟집 간판에 불이 켜져 있기에 그곳으로 들어갔다. 몇몇 남자가 밥을 먹고 있었는데 달큰한 밥 냄새가 풍기자 배 속의 장기가 요동치며 밥을 재촉했다. 어차피 죽을 거, 허기만 달래자는 요량으로 된장찌개를 주문했다.

입을 벌린 껍질 사이로 뽀얀 속살이 드러난 바지락은 육지에서 먹던 그 맛과 차원이 달랐다. 육즙을 품고 있는 듯 속살은 통통했고 씹는 순간 쫄깃한 식감과 함께 비릿하고 고소한 맛이 입안에 퍼졌다. 테이블에 바지락 껍데기가 쌓이자 명치부터 아랫배까지 따뜻해졌다.

그제야 창밖으로 시선을 돌리고 바깥 풍경을 훑어보았다. 파도 거품이 일정한 간격으로 모래사장 끄트머리를 드나들고, 그곳에서 두 쌍의 커플이 파도의 움직임에 따라 이리 뛰고 저리 뛰는 모습이 보였다. 그들의 명랑한 모습에 눈물이 났다. 이럴 땐 식후 연초지. 물휴지를 펴고 담배에 불을 붙였다. 식당 내부에서도 흡연이 가능하던 시절이었다.

담배가 다 타들어 갈 무렵 갑자기 트림이 나왔다. 막혀 있던 혈자리가 뚫린 것처럼 속이 시원했고 어디선가 박하 향이 났다. 시원하고 톡 쏘는 향이 내 주위를 맴돌고, 불현듯 내가 왜 이곳에 앉아 있는지 어리둥절했다. 왜 여기인가. 나는 왜 이곳에 왔는가. 분명 죽으려고 했던 것 같은데….

그날, 나는 바닷물을 만져보지도 않은 채 다시 서울로 돌아왔다.

죽고 싶다는 감정을 경험한 사람이 많을 것이다. 아마 살면서 한 번 이상 자살을 결심해 본 사람도 많지 않을까. 억울한 환경에 놓였거나 친밀하던 사람과의 관계가 틀어지거나 돈을 잃는 등의 문제가 발생하지 않더라도, 롤러코스터 같은 감정의 변화로 힘들어지는 경우도 있다. 그렇다. 예민해질 때는 누군가의 말 한마디가 칼이 되어 가슴을 찌르기도 한다. 그럴 땐 아무 일이 벌어지지 않았는데도 내 안의 감정은 죽을 결심을 할 정도로 바닥을 치게 된다. 보통 그런 감정이 일어나면 자기 감정의 무게에 눌려 힘든 시간을 보내게 마련이다. 누군가의 위로와 격려도 마음에 와닿지 않는다. 무겁게 느끼던 그 감정을 끌어안은 채 감정을 키우다 결국 극단적인 생각을 하게 된다. 내가 그랬다.

한때 "너의 감정은 정당하다"라는 말이 유행처럼 퍼졌다. 그럴까. 감정은 정말 정당할까.

감정이 일어나는 자체는 본능이고 당연할 수 있지만, 그 감정에 모두 정당성을 부여하면 해결되지 않는다. 감정은 일어나기도 하지만 짧은 시간 내에 스러지기도 한다. 완전히 소멸되거나 녹아내리지 않더라도, 감정은 언제나 시시때때로 바뀔 수 있는 '요물'이다. 나를 쥐락펴락하는 감정에 낚이면 삶이 고통스러워진다. 된장찌개가 뭐라고, 큰 결심을 한 나의 마음을 되돌리지 않았는가.

그날 이후 무기력해지고 삶을 놓아버리고 싶은 순간이 오면 바지락을 떠올린다. 지금 이 감정은 나를 부정적인 길로 안내하고자 하는 '악신'의 농간이야. 나는 내 감정에 속지 않겠어. 그렇게 마음먹었다. 감정이 곧 마음은 아니다. 감정은 일어났다 스러지는 것이고, 마음은 다르게 먹을 수 있다. 감정놀음에 놀아나지 않기 위해 스스로 끊임없이 자기 감정을 의심해야 하며, 그런 감정에 낚이지 않기 위해 마음의 축을 단단히 세워야 한다. 마음의 축을 세운다는 건 그러한 감정이 아예 생기지 않게 한다는 게 아니라, 내 주변에 오래 머물지 못하게 만들 만큼 단단해진다는 의미다.

과거의 기억은 사실로만 떠오르는 게 아니라 감정까지 한 세트로 내게 다가온다. 벚꽃이 피는 봄이면, 느닷없이 피었다가 사라지는 꽃잎처럼 감정도 속절없이 생기고 사라진다.

나는 그때 자살을 결심했지만 다시 살기로 했다. 고작 바지락 덕분에.

수치심이라는 뿌리

엄마는 버스 운전기사와 결혼하여 남편에게 사랑받으며 살았지만, 시집살이가 고되어 도망쳤다. 이 사실은 공공연한 비밀이었지만 입보다 귀가 먼저 열린 나는 똑똑히 들었다. 그러나 엄마의 첫 번째 결혼에 대해 내가 알고 있다는 사실은 누구에게도 말하지 않았다.

어릴 적부터 먹는 것, 노는 것을 좋아해서 부지깽이로 얻어맞기 일쑤였다는 엄마는 서울로 도망치듯 올라와 도시의 화려함에 취했다. 뽀얗고 예쁜 여자를 눈여겨본 건 무늬목 회사를 운영하는 아버지였다. 중국집에서 짜장면을 먹다가 엄마에게 반했고, 식사비를 내주며 명함을 주고 갔다고 한다. 회사 부사장으로 돈이 많았던 아버지는 기사 딸린 승용차로 엄마를 데리고 다니며 데이트를 즐겼다. 그사이 나는 엄마 자궁에서 무럭무럭 자랐다.

당시 엄마의 친정 가족은 무채와 시래기를 듬뿍 넣어 양을 불린

죽을 먹으며 살았을 정도로 생활이 어려웠다. 그런 생활을 벗어나 어엿한 회사 부사장과 수원갈비를 먹고, 북악산을 드라이브하고, 명동에서 보석과 옷을 쇼핑하는 시간이 엄마에게는 꿈 같았으리라. 그리고 나를 낳았고, 천호동의 작은 방에서 생활하게 되었다. 아버지가 집을 사준다고 했는데, 엄마는 집보다 보석이 좋았다고 했다. 엄마에게 백 번쯤 들은 스토리여서 잊을 수 없다.

그러나 내 기억에는 기사가 모는 승용차도, 수원갈비도 없다. 나의 첫 기억은 어느 이층집 계단이다. 머리숱이 많고 영화배우처럼 생긴 여자가 화를 내는 장면이다. 나는 계단 밑에서 어른들의 싸움을 구경했다. 추정하건대 그 여자는 현재 내 가족관계부에 '모'로 되어 있는 분이다. 나는 아버지와 아버지의 첫째 부인인 그 사람의 자녀로 되어 있다.

두 번째 기억은 소식이 끊긴 아버지를 대신해 큰아버지에게 양육비를 지원해 달라고 부탁하기 위해 찾아간 어느 회사였다. 똑 부러지는 넷째 이모의 손에 이끌려 대머리 큰아버지 앞에서 대본을 외웠던 기억이 난다.

"공부하고 싶어요. 학비 대주세요."

기계처럼 말했는데 그는 내 얼굴을 노려보며 회전의자를 돌려 앉았다. 나는 양육비를 받는 데 실패했다.

시간이 지나 내가 6학년 때쯤, 아버지는 남루한 모습으로 나를 보러 외할머니댁에 찾아왔다. 느닷없는 방문에 당황스럽고 어색했지만, 당시 할머니 댁은 너무 가난했고 나는 기필코 돈을 받아내고야 말겠다고 결심했다. 그래서 연습한 대사를 읊었다.

"아버지와 살고 싶어요."

아버지는 자신과 살려면 학교를 다니지 못하고 절에 들어가야 한다고 어두운 표정으로 말했다. 재킷 바깥으로 삐죽 나온 회색 내복은 실밥이 터져 있었다. 절 생활을 감수할 수 있다면 자신을 따라나서라는 얘기였는데, 나는 절에 간다는 사실보다 학교에 다닐 수 없다는 말에 큰 충격을 받았다. 그래서 아버지를 그냥 혼자 보냈다. 이후 나는 외할머니의 양육을 받았고 이모님 댁을 전전하며 자라, 무사히 성인이 되었다.

나는 어디를 가나 이방인이었다. 어딘가 흐트러지면 주위 사람들에게 미움받을까 봐, 버림받을까 봐 도덕적으로 살려고 노력했다. 그러나 취직 후에도 혼자서 술 마시는 일이 잦았다. 공허함과 외로움, 있는 그대로 나를 봐줄 사람 없는 세상에서 친척들의 과도한 기대를 품고 살아야 하는 부담감이 나를 억눌렀다. 그러다 많은 꿈을 접고, 접고, 접어서 결혼했다. 친척들은 감격했다. 홀로 자라서 번듯한 집안의 남자와 결혼했으니 외가댁 친지들이 모두 기뻐했다. 나는 '이제 숙제를 다 마쳤구나' 싶어 안도했다.

그러나 이어진 결혼생활은 녹록지 않았다. 나는 그저 엄마의 전철을 밟지 않기 위해 견디려고만 했지, 불편하고 힘든 일을 상의하고 해결하며 살지 못했다. 하고 싶은 대로 살면 안 된다는 강박이 나를 짓눌러 용수철처럼 튕겨 나가게 만들었다. 『마돈나, 결혼을 인터뷰하다』라는 책에 담았던 내용이 그 과정이다. 그리고 이혼했다.

가족에게는 3년 동안이나 이혼 사실을 숨겼다. 엄마가 친척들에게 알리고 싶어 하지 않았던 것이 큰 이유였다. 엄마 대신 나를 길러준 친척들은 "네 엄마처럼 살지 마라"라는 말을 입버릇처럼 했고, 엄마도 자신의 딸이 보통의 가정을 이루고 평범하게 아이 낳고 사는 것만으로도 자부심을 갖고 있던 터였기 때문이다. 나도 친척과 엄마의 자부심에 상처를 내고 싶지 않았다.

그 이후 어렵고 힘들어도 죽기 살기로 버텼다. 하지만 버티는 힘이 강할수록 내 안의 나는 점점 병들어갔다. 무엇을 하든 만족스럽지 않았다. 혼자 있는 시간엔 꼼짝할 수 없어서, 그저 누워서 많은 시간을 보내기도 했다. 나 이외의 사람은 모두 살 만해 보였으며, 가까운 이들의 성공과 행복에는 배가 아팠다. 질투하고 시샘하는 데 많은 감정 에너지를 쓰다 보니 자꾸 지쳤다. 더불어 부정한 마음을 먹는 나 자신이 보기 싫어, 운전하다가도 낭떠러지로 차를 돌진하고 싶은 충동마저 느꼈다.

그렇게 점점 위축되고 슬펐지만, 나는 다시 기운을 내 열심히 살기로 했다. 그래서 일하고, 공부하고, 아이를 키우며 살림을 해냈다. 그런데 이번에는 내가 어느 것 하나 완벽하게 하지 못한다는 자괴감에 빠졌다. 그래서 더 잘하지 못하는 나를, 더 행복하지 않은 나를 다그쳤다. 그렇다 보니 딸이 늦잠을 자거나 할 일을 하지 않을 때면 더 분노가 치밀고 화가 났다. 나는 나를 건사하기 위해 이렇게 고통스럽게 살아왔는데, 너는 부모가 다 해줘도 왜 그 모양이냐는 독한 마음이 들었다. 그러니 자식을 있는 그대로 사랑하지 못했고, 딸이 사춘기를 지나면서는 더욱 갈등이 심해졌다. 딸이 비만인 것도, 성적이 낮은 것도, 대학교 입학에 실패한 것도 모두 내 탓 같았다. 원하는 삶을 살아주지 않는 딸에게 악의적인 비난을 퍼붓고는, 죄책감에 괴로워 한밤중에 한강을 걸었다. 아무 일도 일어나지 않았지만 나는 지옥에서 살고 있었다.

그 지옥은 어디였을까? 내 분노의 뿌리는 무엇이었을까?

나는 나를 관찰했다. 내 지옥은 '수치심'이었다. 수치심의 뿌리에는 기억하지 못하거나, 기억하고 싶지 않아서 무의식적으로 회피했던 내 존재의 역사가 엮여 있었다. 그 수치심은 내가 살아온 삶의 역사에서 만들어진 감정들이 누적되어 생긴 단단한 지옥의 창틀이었다.

수치심을 내려놓아야 이후의 삶이 무탈할 것 같았다. 내 안의 수치심을 없애기 위해 마음공부를 하고 책을 읽고 방송을 찾아보았다. 그렇게 명상과 기도를 통해 내가 나를 위로할 수 있었고, 그런 나를 키우고 키워서 어른인 내가 어른인 나를 만날 수 있었다. 자녀에 대한 사랑의 형태도 달라졌다. 내가 나에게 넉넉해지니 가족과 세상, 사람에게도 넉넉할 수 있다는 걸 알게 된 것이다.

자신에게 엄격한 사람일수록 견고한 수치심을 지니고 있을지도 모른다. 가뜩이나 냉정한 세상인데, 자신마저 자기에게 냉정해질 필요는 없지 않을까. 자신에게 너그러워지는 연습을 하자.

위로와 배려라는 거짓말

"어떤 삶을 살아야 잘 산다고 말할 수 있을까요?"

중장년층을 대상으로 강의할 때 청중에게 하는 질문이다. 답변으로 다양한 말이 오고 가는데, '배려'라는 단어는 빠지지 않는다. 평소에 어떤 배려를 실천하느냐고 물으면 가족, 동료, 이웃에게 배려했던 경험을 말한다. 사람들의 이야기를 다 듣고 나서 나는 다시 묻는다.

"그럼 여러분은 배려를 받아본 적 있나요?"

강의실은 조용해진다. 아무도 배려를 받아본 사람이 없다는 것이다. 이렇게 많은 사람이 배려를 하면서 살았는데, 왜 정작 자신은 배려받은 적이 없는 것일까?

담낭 제거 수술을 받고 입원했을 때의 일이다. 수술 후에 통증이 심해, 나는 친구의 병문안을 거절할 정도로 혼자 쉬고 싶었다. 바쁜 일상에서 벗어난 그 시간 동안 조용히 충전하고 싶었다. 그런데 병실이 6인실이라, 옆 침대 환자의 교우들이 매일 방문하여 찬송하고 기도하는 소리를 들어야 했다. 물론 환자의 빠른 쾌유를 위한 진심 어린 기도라는 건 알겠지만, 나에겐 여간 불편한 게 아니었다. 그들은 기도와 찬송으로만 끝내지도 않고 큰 목소리로 꽤 긴 시간을 대화하고 돌아갔다. 어떤 이는 병실 사람들 한 명 한 명과 눈을 마주치며 쾌유를 바라는 인사를 하고 돌아갔다. 나는 그의 인사에 응답하느라 누운 몸을 어정쩡하게 일으켰다. 옆 침대 환자의 교우들이 떠나고 난 자리는 고요했고, 비로소 병실은 평화를 찾았다. 허나 그들은 우리에게 전한 복음을 뿌듯해했으리라.

자원봉사자 단체나 기관을 교육하면 공기부터 다르다. 밝고 환한 웃음이 오가는 생기를 느낄 수 있다. 타인을 돕는다는 자부심이 높은 분들이다. 나는 참석자에게 봉사하면서 불편한 때가 언제인지 묻는다. 많은 말이 쏟아진다.

'한국은 복지가 좋다, 우리 집보다 더 좋은 냉장고를 갖고 있는 분이 있다. 가끔 도와줘도 고마운 줄 모르는 분이 있다. 반찬 봉사를 하면 맛을 타박하는 예의 없는 분들이 있다. 고맙다는 말을 안 한다. 당연한 듯 받는다' 등등. 보람 있지만 자신의 봉사활동을 감사하게 받아들이지 않는 수혜자를 볼 때 기분이 나쁘다는 이야기다.

그렇다면 수혜자의 입장을 생각해 보자. 가난해도 냉장고는 어디에서 기부받았을 수도 있고, 다른 걸 아껴서라도 냉장고를 좋은 것으로 교체했거나 아니면 중고를 구했을 수도 있다. 수혜자가 봉사자의 냉장고보다 못한 것을 갖고 있어야만 하는 절대적 이유라도 있는 것인가.

음식 봉사의 경우에도, 입맛은 다 다르다. 특히 만성질환을 갖고 있는 노인에게 지급되는 음식은 세심하게 신경 써야 한다. 틀니로 먹을 수 있는 것인지, 당뇨환자에게 너무 간이 센 음식이 배달되는 것은 아닌지 등. 수혜자라도 자신의 취향을 이야기할 수 있는 것 아닌가. 받는 입장이라고 해서 무조건 모든 것을 고마워해야 한다는 의식이 자원봉사자에게 있다면, 그것은 일말의 우월의식이 아닌가.

겨울이면 연예인의 연탄배달 봉사 뉴스가 종종 눈에 띈다. 아직도 연탄으로 난방을 버텨야 하는 가구가 많다. 그러나 연예인이 직접 배달하는 현장은 어수선하다. 마치 다른 나라 행사인 것처럼 동네 사람들은 구경하는 입장이 된다. 그럴 바에야 겨울 내내 전기장판으로 버티는 어르신들 전기세를 대신 내드리면 어떨까 생각한다. 보일러를 놔드리면 더 좋고. 물론 도시가스 설치가 어려운 지역이 있다면 어쩔 도리가 없지만 말이다. 많은 연탄을 수용할 공간도 없는 집에 사는 분들에게 연탄배달은 연예인의 뿌듯함의 크기만큼이나 도움이 되는 것일까?

내게는 시댁에 방문할 때마다 곤란했던 기억이 있다. 음식 솜씨가 뛰어난 시어머니의 요리는 내 입맛에 맞았다. 그러나 그릇을 반쯤 비우면 자꾸 더 채워주셔서 곤란할 때가 있었다. 거절해도 더 먹으라고 자꾸 더 주신다. 그런 날이면 속이 더부룩하고 불편했다. 하지만 하나라도 더 먹이고 싶은 부모님의 마음을 알기에 참아야 했다.

우리는 이렇게 불편한 배려를 받으며 살고 있다. 배려하는 자는 많고 배려받는 자가 없는 이유는 자기 방식대로 배려하는 것에 익숙하기 때문이다. 교우를 위해 기도해 주고 싶다면 집에서 조용히 해줄 수도 있고, 다른 환자에게 양해를 구한 뒤에 찬송해도 되지 않은가.

또한 사람은 받는 신세보다 줄 수 있는 입장이 훨씬 낫다. 내 처지가 힘들어서 도움을 받아야 하는 상황을 경험해 본 사람은 다 안다. 대개는 자존심이 상하고, 어떤 경우에는 모멸감마저 느낀다. 그런 감정을 배려하지 못한 채, 주는 입장에서 자부심에 취해 행동한다면 그것은 배려가 아니다. 특히 주는 입장에서 자신이 줄 수 있고, 주고 싶은 것을 주는 것은 배려가 아니다. 상대가 원하는 게 무엇인지 헤아리고, 상대에게 필요한 것을 해주는 게 배려다.

나도 그 배려의 허울로 크게 실수한 적이 있다. 동료와 갈등을 겪던 한 후배가 기관을 그만둬야 했다. 그 과정에서 고통을 겪었고, 선배인 내게 도움을 요청했다. 하지만 당시 나는 그에게 정말 필요한 것을 읽지 못한 채 내 방식으로 배려한답시고 새로운 취직자리를 제안했다. 그는 나의 전화를 받고 냉랭해졌는데, 나는 뒤늦게 다른 사람을 통해 그가 무척 서운했음을 알았다. 두고두고 그 후배에게 미안했다.

위로와 배려를 하려면 상대방이 원하는 것을 살펴야 한다. 내 방식의 위로와 배려는 그저 좋은 사람이 되고 싶은 나의 허울일 뿐이다. 그리고 그것이 상대방의 바람과 맞닿아 있지 않으면 자기 위주로 생각하고 행동한 것일 뿐, 아무것도 아니다. 함부로 위로하고 배려하지 말기를 바란다.

나는 땅게라: 탱고 추는 여자

'춤바람을 겪지 않은 사람은 자유에 대해 말할 자격이 없다.'

커플 댄스의 특성상 춤바람이라고 하면 춤을 추는 상대와의 바람이라고 넘겨짚겠지만, 아니다. 사람이 아닌 춤과의 바람이 사람의 마음을 얼마나 감질나게 애태우는지, 겪어보지 않은 사람은 모른다.

살다 보면 도망치고 싶은 순간이 온다. 내겐 30대 초반, 아이가 다섯 살이 되던 무렵이 그랬다. 시민단체 활동가로 전화통이 쉴 새 없이 울리던 시기였고, 아이 또한 입이 트여 잠들기 전까지 내 귀에 대고 종알종알 쉬지 않고 말했다. 시댁에 가면 시부모님의 하소연을 듣고, 일터에서는 주민의 하소연을 듣고, 집에서는 아이의 소리를 듣고, 친정에 가면 친정 엄마의 아프다는 이야기를 들어야 했다. 내 귀는 열 개여도 모자랄 지경이었다. 도망가고 싶었다.

함께 일하던 활동가의 권유로 덜컥 댄스동아리에 가입했다. 직장인 동호회였는데 꽤 수준급의 강사가 지도했다. 동호회에 갔지만, 처음 몇 달은 구석에 앉아 말도 섞지 못하고 그냥 집으로 돌아왔다. 쌍쌍이 몸을 밀착하여 추는 춤이 어색했다. 그것도 생판 모르는 사람과 말이다. 대부분 나보다 어리고 일반 직장에 다니는 사람들이어서, 시민단체 활동을 하던 나와는 결이 다르다고 생각했다. 어렵게 참석한 뒤풀이에서 연애와 소득에 대해 이야기하는 것을 들으니, 그들과의 대화에 섞이지 못했다. 했다. 당시만 하더라도 나는 돈을 부정의 상징으로 여겼기 때문이다. 그러나 점차 한두 명 얼굴을 익히게 되었고, 춤을 배울 수 있었다.

그 공간에서 나는 철저하게 개인 '최영선'으로 취급받았다. 춤을 처음 배우는 병아리 신입생, 30대 초반의 아이 엄마. 나에게 어떠한 기대도 품지 않는 사람들 틈에서 어색했지만 자유로웠다. 쉬지 못했던 내 귀도 내려놓을 수 있었다. 심지어 귀로 음악을 듣는 게 아니라 몸으로 듣는 시간이었다.

음악이 흐르면 발가락이 움직인다. 모든 공간이 내겐 밀롱가였다. 눈을 감고 이어폰에서 흘러나오는 피아졸라의 탱고 음악을 듣다 보면 어느새 발이 움직이기 시작한다. 지하철에서도 놀이터에서도 나는 땅게라의 스텝을 연습했고, 수료 기념 공연을 준비했다. 공연을 위해 파트너를 구해야 했는데, 미혼남녀들은 금세 짝이 지어졌지만 나는 파트너를 구하지 못해 난감했다. 다행히 같은 동네 살던 고등학교 교사인 후배가 파트너를 해줬다.

우리 두 사람은 실력을 뛰어넘는 각종 기교를 부리기 위해 매일 밤 연습했다. 프로의 공연에서 볼 수 있는 것처럼 파트너를 높이 던져 띄웠다가 받는 서커스 같은 부분도 준비했는데, 당시 내 몸무게는….

여하튼 우리는 공연을 잘 마쳤고, 민망하고 재밌는 에피소드를 얻었다. 파트너였던 그는 부산의 어느 고등학교로 전근한 뒤에 성실하게 가정을 이루고 살았고, 나 또한 탱고에 대한 미련 없이 일상을 살았다. 그도 나도 더 이상 탱고를 추지 않았다. 그런데 10년 후, 부산의 어느 식당에서 우연히 만난 그 파트너 교사가 말했다.

"선배님, 저 그때 허리 다쳐서 고생했어요."

결국 그날 밥값은 내가 계산했다.

당시 동아리에 모인 몇몇은 도망자 같았다. 사회적 위치로 규정된, 혹은 가족이나 익히 알고 있는 친구의 기대에 부응하며 살던 사람들은 그곳에서 오로지 자신의 몸으로 음악을 듣고 대화한다. 그 안에서 드러나지 않아야 섞일 수 있음을 배우고, 사회에서 어떤 일을 하든 그 공간에서는 탱고 실력으로 서로를 검증하기 때문에 겸손해진다.

그때 나의 도피처는 밀롱가였고, 공연을 마친 뒤 나는 다시 제자리로 돌아올 수 있었다.

2부

열정이라는 착각

부러움과 이별

날카롭고 예민한 사람이 중년이 되었다. 품이 작아 담을 수 없었던 관계는 돌아섰고, 무슨 인연인지 등 뒤에서 기다려준 관계도 있다. 검은 비닐봉지에 담겨 있던 호떡을 봉지째 쓰레기통에 버린 후 난 30년 동안 고해성사를 하지 못했다. 여전히 괜찮지 않은 시간을 보냈기 때문이다.

그동안 에세이, 소설, 일기를 썼지만 내가 나를 달래고 달래어 작가로 살게 하고 싶었지만, 성에 차지 않았다. 에세이 한 권을 출판했고, 단편소설로 등단했지만 그 글은 내 것이 아니었다. 내 글에 대한 나의 감정은 무엇일까? 쓰지 않은 것만 못한 나의 감정 말이다.

출판 계약을 한 뒤에도 몇 달 동안 한 자도 적지 못했다. 그리고 첫 문장을 적은 뒤에야 알았다. 난 그동안 한 번도 나의 포장지를 벗겨낸 적이 없다는 것을.

구겨지고 납작해져서 '쪽팔리는' 나 자신을 내어놓는 작업이 가능하기는 한 걸까, 걱정했다. 포장지를 벗겨내면 제대로 버틸 수 있을까. 솔직하게 드러내는 사람으로 사는 것처럼 말하고 행동했지만 속은 답답했다. 시원찮은 세월을 보내는 동안 나는 간간이 깊은 잠에 빠지곤 했다.

대학교 입시에 실패하고 한동안 사라지고 싶었다. 죽을 용기가 없어서 독서실로 숨어들었다. 사라지는 방법을 몰라 눈을 감고 이틀을 보냈다. 독서실 총무가 청소를 하지 않아, 나는 선잠 깨는 수고를 하지 않고 계속 잘 수 있었다. 그런데 느닷없이 경숙이가 나를 찾아왔다. 아무에게도 말하지 않고 독서실에 숨어 있던 나는 당황했다. 그 아이 손에 들린 검은 비닐 봉투에서 고소한 향이 났다.

"호떡이야."

민망한 듯 문을 반쯤 열고 봉투를 내밀었다. 나는 봉투를 낚아채듯 받아 들고 문을 닫았다. 문 뒤에서 경숙이가 말했다.

"후기 대학이 있잖아, 영선아."

나는 이불을 뒤집어쓰고 다시 잠을 청했지만 잠들지 못했다. 그 아이의 마지막 한마디가 산울림처럼 울려 퍼졌고, 거기에 교활한 웃음소리가 겹쳤다. 대학에 합격한 네가 무슨 자격으로 실패한 사람을 격려한다는 거야. 전혀 위로가 되지 않아.

나는 경숙이가 놓고 간 호떡을 비닐봉지째 쓰레기통에 버렸다.

어느새 50세가 넘었다. 경숙이는 친구들이 '비정상적이야'라고 놀릴 정도로 그녀를 아끼는 남편과 잘 살고 있다. 자녀 또한 남부럽지 않은 학교를 다니고, 경제적으로도 어렵지 않게 살고 있으니 참 부럽다. 내가 날카롭게 독서실 문을 닫은 뒤에도 그녀는 간혹 나를 찾아왔고, 대학교에 다니던 시절에도 먼 기숙사까지 나를 찾아왔다. 자존심이 있기나 한 거야? 난 속으로 웅얼거리며 그 아이를 시기했지만, 동시에 그녀에게 의지했다. 고양이 발톱처럼 긁어도 푸근하게 웃던 아이였다. 나는 성인이 되어 아이를 기르면서도 그 친구에게 "넌, 인생이 술술 풀리는구나"라고 말했었다.

그리고 우리는 50을 넘긴 어느 날, 하이볼을 한잔하며 그 시절 이야기를 꺼냈다. 뒷목을 잡아끄는 아픈 기억도 유머를 발라 매끈하게 이야기할 수 있는 나이가 되었으니 더 이상 아프지 않았다.

그래도 내가 제일 아팠지, 하는 근거 없는 마음을 품은 채 친구의 이야기를 들었다.

시골 중학교에서 성적 좋은 아이들이 간다는 큰 도시의 고등학교에 가난으로 진학하지 못했던 나는 친구들과 헤어져 경숙과 군 단위의 고등학교에 입학할 수밖에 없었다. 경숙과 나는 그 억울함을 나란히 보듬고 3년을 지냈다.

그리고 3년 뒤, 시골 인문계 고등학교에서는 4년제 대학 입학생을 배출하는 목표에 혈안이 되어 있었고, 고3 담임선생님은 상위권 제자의 재능과 관심사를 고려할 입장이 아니었다. 나는 전기 입시에 실패하고 한국종합예술학교 원서를 사 들고 갔지만 어림없었다. 정식 대학교가 아닌 한예종 원서는 그 자리에서 쓰레기통에 버려졌다.

경숙이도 마찬가지였다. 당시 경숙이는 전교 1등이었다. 간혹 치맛바람이 있는 학부모의 주장에 못 이겨 원서를 쓰기도 했지만, 경숙의 어머니는 순한 시골 아낙이었다. 명문대에 지원해 볼 수 있는 성적이었던 경숙이도 과하게 안정권인 학교에 원서를 써야 했고, 결국 지방캠퍼스에 입학했다. 그녀는 그에 대한 억울함을 품고 있었다.

누구나 자신만의 서사를 갖고 있고, 오로지 자신만이 간직한 억울함과 분노가 있다. 그것을 온몸으로 표현한다고 해서 더 괴롭다고 할 수 있겠는가. 자신의 재능과 역량을 환경이 따라주지 못할 때 겪는 좌절을 통과해 본 사람의 아픔의 중량을 어떻게 비교할 수 있을까. 좋은 환경을 타고나지만 잘 살아가는 건 자신의 소관 아닌가.

경숙의 좌절을 느끼고 공감하며 나는 경숙을 부러워하던 마음을 버렸다. 그리고 눈물보다 앞선 콧물을 들이켰다.

가성비 좋은 '김밥천국' 강사

나는 성인 교육계의 김밥천국 강사다. 메뉴는 다양하다. 자기 계발 리더십 교육, 비폭력 대화, 말하기와 듣기, 민주적인 조직 운영, 회의 촉진 기술, 갈등관리, 비전 사명 워크숍 촉진, 에세이 글쓰기 강사, 감정 오일, 타로 마스터 교육 등이며 심지어 CS 교육도 한다. 연령층도 다양해 중학생부터 노인까지, 모든 연령대를 대상으로 교육한다. 그렇게 현장에서 19년 동안 강사로 활동하고 있지만 간혹 방송에 나오는 유명 강사들을 보면 위축될 때가 있다. 그들의 강의를 들으면 내가 부족하다는 생각에 부끄럽기도 하고, 그들이 부럽기도 하다. 한 영역에도 많은 전문가가 있는데, 그 전문가 가운데 나는 어떤 전문가로 살아가고 있는가. 강의실에서의 반응이 좋을 때는 과분한 평가에 몸 둘 바를 모르다가, 강의실 밖으로 나오면 스스로를 과소평가하며 그 안에서 풀 죽어 있을 때도 있다.

강의가 없는 시간에는 종종 상담도 한다. 청장년이 주요 고객인데, 그들은 내게 "○○ 박사님과 비슷한 말씀을 하시네요"라며 내 말의 전문성을 인정해 주기도 한다. 방송 출연으로 유명할 뿐 아니라 고가의 상담료를 받는 ○○ 박사님에게 직접 다녀온 사람은 그런 상담료를 지불할 만하다는 반응을 보인다. ○○ 박사님에 대한 그런 대중의 반응을 보며 나는 나를 돌아봤다.

나는 누구인가.

지역 시민운동 단체 활동가로 살면서 사회구조의 문제를 보는 시야가 생겼다. 비닐하우스촌에 거주하는 주민을 조직화하면서 복지 제도를 공부하고, 빈곤의 역사를 배웠다. 개인을 넘어 공동체의 안녕을 위해 갖춰야 할 것에 대해 익혔으며, 공동체 구성원의 갈등을 경험하며 관계와 소통에 대해 공부했다. 소란스럽고 화려하게 시작된 일이 책임지는 사람이 없어 알맹이 없이 문 닫는 경험을 했고, 타인을 이해하지 못해 갈라서는 아픔을 겪으며 의기양양했던 스스로의 기세를 꺾는 겸손을 배웠다. 나는 아픈 경험을 넘어갈 때마다 새로운 공부를 익혔으며 강사로서 폭넓은 내용을 전달할 수 있었다. 이게 나다.

그런 경험을 거쳐 나는 가성비 좋은 강사로 거듭났다. 전국 어디든 일정이 맞으면 달려간다.

몇 년 전 교육 연수기관에서 강사 만족도 1등을 차지한 적이 있다. 웃기지도 않고, 동적인 움직임도 없고, 재미난 도구를 활용하지도 않지만, 수강생의 만족도는 높다.

수강생이 성인일수록 반응은 더 좋다. 행복한 삶을 살아가고자 하는 그들에게 좋은 내용을 들려줄 수 있는 강사는 많다. 유튜브에도 좋은 내용이 많고, 책에도 있으며, 성인인 그들은 이미 인생을 통해 많은 것을 알고 있다. 그러나 아는 것을 몸으로 익히는 게 잘 되지 않으니 소통이 어렵고, 행복감을 느끼기 어려운 것 아니겠는가. 그래서 나는 몇 시간의 교육 시간 동안 청중이 한 가지라도 제대로 익히도록 강제하는 편이다. 몰라서 못 하는 게 아니라, 아는데도 하지 못하는 것이 문제이기 때문이다. 그러니 기관의 만족도도 높다. 난 가성비 좋은 강사이기 때문이다.

한국의 대표 멘토인 ○○ 박사님의 상담료는 상당히 고가라고 한다. 돈으로 따지자면 나는 그분의 발꿈치도 못 따라간다. 하지만 모진 팔자(?)를 버티고 생존한 사람으로서 지독할 정도로 꾸준하게 공부해 온 나는 누구나 허울 없이 삶을 털어놓을 수 있는 깊은 귀를 가졌다. 타인의 잣대로 자신을 평가하며 자기애와 위축감 사이를 오가던 시간이 길었다. 그러한 삶을 과감하게 단절할 수 있었던 비결은 바로… 이 책에 다 있다.

'혜자로운' 백반집에서

겨울 날씨치고는 춥지 않았지만 습도가 높아 을씨년스럽던 어느 날, 삼선교 벤치에서 그녀는 다리를 덜덜 떨며 기다렸다. 약속 시간 보다 최소 10분 일찍 나와 있는 그녀의 습관을 알기에 나는 긴장하며 달렸다. 우리가 만난 약 30년 동안 늘 먼저 도착한 그녀를 내가 눈으로 찾으며, 우리의 만남은 시작된다.

우리는 점심에만 운영하는 어느 한식 뷔페에서 식사를 했다. 식재료비 상승으로 요즘은 간단한 식사 한 끼에도 1만 원이 넘는데, 그 집의 가격은 5천 원이다. 그래서 급식소 음식처럼 건더기 없는 국에 반찬 두어 가지 정도가 있을 거라고 예상하고는, 그래도 싼값이니 작정하고 갔다. 도착해 보니 홀 내에는 손님이 꽉 차 있다. 멸치, 오징어젓갈, 오이고추, 김치, 콩나물, 호박볶음, 버섯볶음, 콩자

반이 기본 반찬이고 주메뉴는 두부조림, 생선조림, 생선튀김, 제육볶음 등이 있었다. 그리고 국과 김밥이 있다. 반찬 수도 감동이지만 맛도 있었다. 나와 친구는 둥근 접시에 음식을 담아 기도하는 마음으로 먹었다.

"여기 적자라고 문 닫으면 어떡하지?"

"손님이 이렇게 많은데 설마…."

"우리, 되도록이면 자주 오자. 문 닫으시면 안 되잖아."

우린 '혜자로운' 밥상 앞에서 살짝 불안감마저 느꼈다. 그리고 주변을 돌아보니, 연령대가 높은 분들이 많았다. 혼자 식사를 하시는 분들이 많아 보였고, 간혹 나처럼 친구와 함께 먹는 손님도 있었다. 그들도 우리와 같은 마음인지, 모두 공손해 보였다.

그리고 우린 종로 피맛골 고갈비 이야기를 꺼냈다. 예전의 우리는 수입이 너무 적었고, 집도 가난했기에 되도록 저렴하고 푸짐한 집을 찾아다녔다. 그래서 고갈비집에서 안주 하나 시켜놓고 큰 양푼에 담긴 막걸리를 밤새 퍼마셨다. 그 시절 청년기를 통과한 많은 사람들이 미끌미끌하고 냄새나던 그곳 화장실의 추억을 한두 개는 갖고 있을 것이다.

그때는 돈이 없었지만 밥값, 술값을 걱정한 적이 별로 없었다. 저렴한 가게를 찾아 충분히 맛있게 먹을 수 있었기 때문이다. 어리고 주머니 사정이 안 좋았어도 돈 때문에 먹는 것을 포기하는 경우는 없었다.

세월이 지나 나이 50이 넘었고, 살면서 꽤 비싸고 좋은 음식도 먹어왔지만, 이제는 외식이 두려워졌다. 간단히 한 끼 해결할 수 있는 저렴한 식당을 찾기가 어렵기 때문이다. 어쩌다 방송을 탄 집은 줄이 너무 길어서 가고 싶은 마음이 들지 않는다. 나이 들면서 '우리 땐' 어땠다는 말을 자주 하게 되는데, 이날만큼은 '우리 때' 음식값에 대해 꽤 긴 이야기를 나눴다. 물론 당시에도 노바다야키 등 비싼 음식점이 있었다. 그러나 더 좋은 것을 먹지 못하거나 더 비싼 것을 먹지 못해서 느끼는 상실감은 크지 않았다. 그것이 음식값만의 문제일까?

성북동에는 20~30대에게 인기 있는 음식점이 곳곳에 있다. 그중에 간판이 없어도 줄을 서는 가게가 있는데, 플레이팅이 예뻐서 사진 찍기에 좋은 곳이다. 나도 궁금해서 가봤는데 맛도 있고 양도 적당했다. 그러나 줄을 서서 먹으라면 나는 포기할 것 같다.

인스타 맛집을 찾아다니며 인증하는 시절을 살고 있는 이 시대의 사람들에게는 '거기, 그 가게'가 중요하다. 그래서 비싼 음식값을 지불하면서 다른 만족감까지 얻으려 하는 것이다. 그러나 만족감의 이면에는 가지 못하는 사정이 생겼을 때의 상실감이 클 수밖에 없다.

X세대로 살면서 강남의 핫한 록카페에서 맥주병을 흔들던 우리 두 사람은 5천 원짜리 한식부페를 맛나게 먹으며 혜자로운 사장님의 은총에 보답하고자 접시가 반짝거릴 정도로 싹싹 긁어먹었다. 그리고 나는 말했다.

"우리가 늙을 때까지 이 집이 존재했으면 좋겠어."

우리는 이렇게 늙어간다. 처음 돋보기를 맞춘 날, 노화가 낯설어 웃음이 나오던 날처럼 노화를 받아들이면 이상하게 재밌다. 우리는 록카페가 아니라 저렴한 백반집에서 나이들어 간다.

거짓말과 거친 말

우리는 많은 이들이 숨 쉬듯 거짓말하는 사회에 살고 있다. 거짓말하지 않으면 때로는 불리해지는 경험을 했기에, 크고 작은 거짓말에 익숙하다.

내가 20대 때의 일이다. 아르바이트를 하던 곳에서 직원들의 지갑이 자꾸 사라졌지만 우리는 아무도 동료를 의심하지 않았다. 그런데 하루는 매장 청소를 하다가 급하게 소변이 마려워 화장실로 뛰어 들어갔다. 안에 있던 한 동료가 옷매무새를 다듬으며 나왔고, 급히 들어간 그 화장실 안에는 지갑이 하나 떨어져 있었다. 그 지갑을 열어보니, 다른 직원의 주민등록증이 보였다. 그때 나는 앞서 나간 그 동료가 지갑을 훔친 범인이었다는 사실을 깨달았다. 그러나 아무에게도 말하지 못하고 그냥 못 본 척하고 지냈다.

이것뿐이랴. 지식인들과 이야기를 나눌 때, 알아듣지 못하는 용어가 나오면 잘 몰라도 그 뜻을 물어보지 않고 알아듣는 척, 어물쩍 넘어가는 경우가 다반사다. 눈치로 알아차리거나 몰래 검색한 적이 얼마나 많은지. 알아도 모르는 척하며 자신에게 올 피해를 최소화하고, 모르는 걸 들키기 싫어서 아는 척하는 나는 숨 쉬는 거짓말쟁이다.

반면 자랑 삼아 자신의 솔직함을 내세우는 사람도 있다. 상대방이 부끄러워하거나 숨기고 싶은 것을 들춰내 창피를 주고는 '농담'이라며 넘어가는 경우도 있다. 자신의 감정에 너무 솔직하다 보니 타인의 감정 따위는 신경 쓰지 않는 것이다. 그런 종류의 사람은 기분 나쁘다는 표현도 자주 한다. 나는 강의에서 이러한 솔직함을 '똥'에 비유한다.

우리가 길을 가다가 똥이 마렵다고 해서 바로 그 자리에서 바지를 내리고 일을 보지는 않는다. 인근 빌딩이나 지하철 역으로 들어가 화장실을 찾을 때까지 참는 것이 일반적이다. 말도 마찬가지다. 내 마음 안에 일어나는 감정이나 생각을 매번 배설하듯이 쏟아내고 후련해한다면 이는 무례한 것이다. 상대방의 상황과 마음을 살피지 않은 채 뱉어내는 말은 그야말로 '똥'이나 마찬가지다. 그들은 스스로 '나는 솔직하고 쿨하다'고 말하기도 한다. 성질을 내도 뒤끝이 없다는 뜻이다. 그러나 자신은 감정을 배설해 후련할지 모르지만, 그 불편한 말을 떠맡은 사람은 어쩌란 말인가. 그들은 이럴 때에도 말한다. "왜 이렇게 속이 좁으십니까…."

이런 사람은 자신이 무엇을 잘못했는지 모르는 경우가 많다. 솔직함을 선한 가치관으로 여기고 '쿨'하고 당당하게 살아가는 자신을 자랑스럽게 여길 뿐이다. 이러한 특성을 가진 사람은 좋고 싫음의 감정이 극에서 극으로 오간다. 아침엔 "너 없이는 못 살아"라고 했다가 저녁이 되면 "꼴 보기 싫다"라며 포악하게 군다. 마음을 종잡을 수 없고 예측할 수 없으니 상대를 늘 불안하게 한다.

부처님의 가르침 중에 '팔정도(八正道)'가 있다. 그 가운데 네 번째 계율은 바른 행동, 바른 생계, 바른 말이다. 부처님은 바른 말에 거짓말 멀리하기, 말전주 멀리하기, 거친 말 멀리하기, 쓸데없는 말 멀리하기라는 네 가지를 포함하고 있다. 거짓말을 멀리한다는 것은 아는 것을 안다고 하고, 모르는 것을 모른다고 정직하게 대답해야 한다는 것을 강조하는 것이다. 자신의 이익이나 다른 사람의 이익을 위해서, 또 어떤 종류의 이익을 위해서도 거짓말하지 않는다는 것이다.

거친 말을 멀리하는 방법으로는 남들의 비난과 비판을 참고 듣기, 그들의 모자람을 이해하기, 나와 다른 견해를 존중하기, 앙갚음하겠다는 생각 없이 욕설을 참아내기 등의 마음가짐을 익히는 것이다. 거짓말과 거친 말을 멀리할 수 있다면 적어도 남에게 피해는 주지 않는 사람으로 살아갈 수 있지 않을까.

미안하지만 지금이 좋다

말하기보다 글쓰기가 편했다. 느끼는 감정을 말로 표현하려면 골라야 할 게 많았다. 그렇다 보면 그저 미소 하나로 퉁치거나 따뜻한 눈빛으로 대신할 때가 있다.

나는 편지 쓰기를 즐겨 했다. 50이 되어 만난 중학교 동창 친구는 내가 그녀에게 발송했던 편지를 보관하고 있었다. 덕분에 30년 전 나의 문장을 다시 만났는데, 낯설었다. 첫 연애 중이었던 나의 설렘, 애인과 친구와 사랑의 몫이 비슷했던지라 데이트를 포기하고 친구에게 보낼 편지를 쓰고 있다는 내용의 편지를 보니 신선했다. 어디서 배운 걸까, 그 언어들은. 다시는 그런 문장을 쓸 수 없으리라.

'ㅇㅇ아. 나는 뜬눈으로 파란 새벽을 맞이했다. 그리고 짐을 쌌다. 내 존재가 이렇게 무겁고 힘드니 속세를 벗어나기 위한 길을 가려고 한다. 가방에 짐을 담았다. 속옷을 챙기고 화장품 몇 가지를 담았다. 생리대를 챙기고 책 몇 권을 넣었다. 그러고 나니 가방이 무거웠다. 나는 버리기 위해 떠난다고 해놓고 이렇게 속세를 무겁게 싸들고 절에 가려는구나. 그래서 짐을 풀었다. 중이 되겠다는 나의 오만을 내려놓는다.'

아마도 그때 나는 중이 되려고 했나 보다. 나는 지방대 기숙사에서 먼 곳에 사는 친구에게 끊임없이 내 존재의 질문을 발송했다. 편지의 내용은 줄곧 죽고 싶은 마음과 살아내야 하는 고통으로 가득했으니, 그것을 받아보는 마음이 무거웠으리라. 그것들을 몇십 년 동안 보관해 준 친구의 마음이 궁금했다. 그때 내 편지를 받았을 때 어땠냐고 물었다. 친구의 대답은 간단했다.

"쪼꼬만 게 웃기고 있네."

그때는 죽을 것 같았지만, 지금은 기억이 희미하다. 그리고 나는 전업 글쓰기를 포기하고 생계를 이어갔다. 잠깐 지역신문 기자 일을 한 덕분에 글 쓸 기회가 있었지만 등단하거나 책을 내지는 못했다. 그러다 나의 글을 눈여겨본 출판사의 권유로 에세이집을 펴냈다. 기획자는 나의 문체를 아꼈고, 나의 글을 묶어 책을 발간했다. 당시 결혼과 출산, 육아가 고통스러웠던 나는 장애아를 기르는 동네 언니들을 만났고, 힘들어도 웃음과 해학으로 그 삶을 견디는 과정을 보고 글로 표현했다. 언니들의 삶의 무게를 재치 있는 문장이 가볍게 거둬주는 듯했다.

그런데 이번 에세이집을 준비하면서 나는 전혀 다른 결의 문장을 쓰고 있었다. 내가 읽어봐도 지루하고 정적이다. 마치 도인이 도법을 전하는 듯한 내 글을 읽으며 스스로 당황했다. 기획자에게 다시 쓰라는 주문을 받고 몇 달째 전전긍긍하기도 했다. 그러면서 다시는 예전처럼 쓸 수는 없다는 걸 깨달았다. 고통을 재치로 승화하고, 해학으로 표현할 수 있는 건 자신의 상황을 객관화할 수 있는 능력이지만, 고통 안에 오롯이 들어가 있어야 가능한 일이다. 그러나 지금은 그 시간에 겪었던 번뇌의 무게를 느끼지 않는다. 아마 당시의 고통은 흔적만 남기고 불타버렸는지도 모른다.

이 글을 쓰는 동안에 번뇌와 고통이 없었다면 거짓말이다. 내일이 불안하고 초조하며 관계 안에서는 불편함을 느낀다. 그러나 적어도 전에 비해 그 부정적인 감정에서 빠르게 빠져나올 수 있는 내적인 힘은 생겼다. 그래서인지 감정을 만들어낸 사건을 금방 잊는다. 빠져나오는 속도와 잊어버리는 속도가 비례하는가 보다.

감정을 기억하는 능력이 떨어진다는 건 그만큼 지혜로워진다는 것이다. 이렇게 변화한 나를 칭찬하면서도 작가로서 기획자의 기대를 충족시키지 못한 일말의 죄책감이 있다.

"변해서 죄송합니다."

나의 우주, 기억의 집

나의 벙커, 아무도 침범하지 않는 나만의 것.

가족, 스승, 친구 그 자체.

내 것이 아니어도 내가 좋아하는 것이 있다면 그곳.

미술을 하는 두 사람이 우리 사무실에 놀러 왔다. 얼마 남지 않은 집과 관련한 미술작품 공모전이 있다며 집에 대한 이야기를 나눴다. '우주'는 한자로 집 우(宇), 거주할 주(宙) 자를 의미한다. A는 새소리조차 없지만 빛이 있는 자신의 벙커가 집이라고 했다. 세상과 안전거리를 확보해야 한다며, 사람에게 집착해서 관계가 무너지고 나니 자신만의 집을 쌓게 되었다고 한다. 참고로 그는 부모님이 모두 돌아가시며 남긴 유산인 오래된 주택을 리모델링하여 살고 있다.

B는 집 자체가 관계라고 표현했다. 가족과 스승, 친구가 있는 공

간은 모두 집이다. 내 집이 아닌데도 내가 좋아하는 사람이 있다면 내 집이다. 고양이의 박스 같은 게 집이다. 아무리 좋은 쿠션을 놓아줘도 마다하고 고양이는 어둡고 컴컴한 상자 속으로 들어가지 않는가.

나에게 집은 어떤 공간일까? 가질 수 없는 무형의 천막 같다. 우주 공간에 점점이 박힌 행성 같은 천막이다. 그곳은 생성과 소멸이 끊임없이 발생하는 공간이다. 고요하면서도 생동이 멈추지 않는 곳.

내 학교 생활기록부에 기재된 집 주소는 그저 거쳐 간 천막이었다. 연탄불을 때던 천호동 쪽방이 내가 살았던 집에 대한 첫 기억이다. 다섯 살 무렵, 어느 날 밤 엄마의 등에 업힌 채 몸이 흔들렸다. 엄마는 약국 철문을 두드리며 우리 영선이를 살려달라고 울부짖었다. 그 소리가 들리고 잠시 뒤, 나는 차갑고 찝찔한 국물을 넘겼다. 동치미 국물이었다.

그날, 다방 레지였던 언니 한 명은 끝내 죽었다. 칸칸이 나뉜 방에서 잠자던 세입자 모두가 연탄가스에 중독된 것이다. 그 언니는 나의 백일반지를 훔친 강력한 용의자였다. 엄마는 두고두고 그 언니 이야기를 했다. 죄 지으면 큰일 난다는 협박과 함께.

집은 때에 따라 관이 될 수도 있는 공간이었다. 우리는 그곳을 떠나 가게가 딸린 방에서 지냈는데, 엎드려 그림을 그리다가도 손님이 오면 벌떡 일어나 자리를 내줘야 했다. 밤이면 남대문 시장에서 떼어 온 옷으로 방이 가득 찼다. 새벽 장을 봐 온 엄마는 옷의 태를 확인하려고, 나를 일으켜 세워 옷을 입어보게 하기도 했다.

나중에 엄마의 재혼으로 나는 안채로 들어갔는데, 또래 남자애들과 같이 방을 쓰다 보니 내 공간을 갖기 어려웠다. 하루빨리 그곳을 벗어나고 싶다고 이를 악물었는데, 예상보다 빨리 나는 외할머니댁으로 보내졌다. 그곳은 조용하고 작은 한옥인 줄로 알았지만 사실은 지붕만 기와로 올렸을 뿐 흙벽 집이었다.

나는 안방에서 할머니 할아버지와 한 이불을 덮고 생활했다. 저녁 먹고 나서는 9시 뉴스가 시작되기 전에 전등을 꺼야 했기에, 나는 한밤중에 눈을 뜬 채로 생각에 잠기곤 했다. 공부에 재미를 붙였던 시기에는 몰래 마루에 나와 전등을 켜고 책을 봤는데, 모기가 달라붙어 여간 성가신 게 아니었다. 다음 날이면 책 곳곳에 모기 핏자국이 낭자했다. 그런데 마루에서 하는 공부는 오래가지 못했다. 잠깨어 소변보러 나오신 할머니에게 들켜 야단맞기 일쑤였다.

"이 우라질 년, 전기세 나온다."

할머니는 거칠게 '우라질 년'이라는 욕을 하셨다. 우등상을 받아도 기뻐하지 않았고, 글짓기 상을 타도 웃지 않았다. 내가 학교에서 두각을 나타내도 아무런 표정을 짓지 않았다. 그렇게 점차 가족의 지지 없는 학교생활에 익숙해진 나는 이후로는 이런저런 상을 타도 그저 가방에 넣어두기만 했다.

나중엔 안 사실이지만, 할머니는 내가 공부를 잘해서 고등학교를 수원으로 가겠다고 할까 봐 걱정하셨다고 한다. 대학을 가도 학비를 댈 수 없으니 돈 걱정이 되고, 그것을 해줄 수 없는 당신의 딸에게 화도 나고, 똑똑한 손녀가 안타까워 그 모든 마음을 담아 내지른 말이 '우라질 년'이었던 것이다.

그러다 안방에서 한 이불을 덮고 주무시던 할아버지가 죽음의 길로 떠나는 일이 일어났다. 나는 느낌으로 알았다. 할아버지가 삼도천을 향해 발길을 내딛고 있다는 것을. 그렇게 나는 집에서 또 한 번의 작별을 경험했다.

나는 간혹 이웃에 살던 둘째 이모 댁에 맡겨지기도 했고, 막내 이모 출산을 돕기 위해 장기 여행을 떠난 할머니의 부재로 한동안 할머니 남동생의 집에 맡겨진 적도 있었다. 그곳에는 7남매가 있었던 터라 나는 '고무 다라이'에 밥을 쌓아놓고 도시락을 싸는 진풍경을 구경했다. 내가 경험한 집 중에 가장 시끄러운 공간이었다.

전쟁 같은 아침 식사를 마치고 버스를 탄다. 그리고 터질 듯이 꽉 찬 승객들 틈에 끼어 하교하다가, 간혹 버스 창문으로 뛰어내리기도 했다. 집에 도착하면 전쟁이 시작된다. 방을 뛰어다니며 숨바꼭질을 하거나 이유 없이 달리거나, 잡아당기거나 물구나무서기를 하거나 쉴 새 없이 움직였다. 나는 그 남매들 사이에서도 막내를 빼면 가장 어렸으므로 언니 오빠들이 시키는 대로 움직였다. 내가 살아온 한평생 중 가장 동적인 시기였을 것이다. 책을 펼칠 시간도 없었지만, 외로울 틈 없이 지낸 시간이었다.

고등학교 진학 후에는 신혼부부인 막내 이모 댁에서 살았다. 작은 13평 주공아파트였다. 온수가 나오는 집은 처음이라 생활이 편했지만 화장실 사용에 눈치가 보였다. 이모는 아이를 둘 낳았는데, 아이가 크면서 같이 화장실을 써야 하니, 나는 이모 가족이 쓰지 않는 틈에 사용하느라 변비가 심했다. 방귀를 참거나 변을 참아서 속이 불편했다. 그러면서도 나는 사촌 동생을 돌봐주며 밥값을 하려고 애썼다. 당시 사촌 동생을 등에 업은 사진이 남아 있다.

지방 대학 기숙사에서 사는 동안에는 두 명과 함께 방을 사용했다. 비밀 유지가 되지 않는 그 공간에서 2년을 생활하고 나서 자취를 시작했다. 처음엔 경찰을 애인으로 둔 캬바레 코너 주 언니의 집이었는데 밤새 술 취한 손님이 드나들었고, 경찰 아저씨가 오는 날이면 집을 비워줘야 해서 두 달 정도 살다 말았다.

그리고 나서 취업하기 전까지는 서울 강남 선릉역 근처에 있던 작은 영동아파트에서 사촌 동생의 공부를 봐주며 살았다. 하지만 취업 후엔 큰이모님 댁 지하 방에 세 들어 살았다. 그냥 살아도 된다고 말씀했지만, 나는 대학교 시절 모아뒀던 청약저축을 깨서 3백만 원을 이모께 드렸다. 내 생애 첫 나만의 공간이었다.

하지만 그곳은 화장실 없는 반지하여서 대변을 해결하려면 위층을 이용해야 했다. 그런 이유로 만성 변비를 가지게 되긴 했지만, 그곳에서 나는 밤새 영화를 볼 수 있었고, 마음껏 사유할 수 있었다. 방해 없이 잠을 자고, 눈치 보지 않고 속옷 바람으로 공간을 누빌 수 있었다. 아, 자유….

물론 얼마 되지 않아 어린 시절 헤어졌던 엄마가 연락을 해와서 그 반지하 방으로 스며들었고, 곧 엄마와 동거하게 되었다. 이후에 결혼한 뒤에는 시부모님 댁의 3층에 살다가 주공아파트에 세를 얻었고, 이후에 작은 빌라에 세 들었다가 원룸으로, 연립주택으로, 나중에는 매입 임대 아파트에 세 들어 살았다.

그렇게 계속 이동하며 살았고 소유할 수 없고, 정착할 수 없었지만 무형의 기억과 감정을 간직한 공간이 나의 집이다. 그동안 집이라는 공간에서 시간을 함께 보냈던 이들 중 열 명이 우주의 별이 되었다. 할머니, 할아버지, 엄마, 첫째 이모, 넷째 이모, 이모부, 삼촌, 사촌 오빠, 친척 할아버지 내외…. 우주에 여기저기 점을 찍고 다녔던 덕분에 잦은 작별의 슬픔을 겪는다. 그만큼 우주를 향해 기도하며 떠올릴 이들이 많다. 그리고 인사한다.

"다들, 그 집에서는 안녕하신가요?"

나의 소년시대

2024년 임시완 주연의 드라마 〈소년시대〉를 보며 폭력이 낭만으로 보이는 착시효과를 경험했다. 영화《말죽거리 잔혹사》와《친구》보다 더 말랑말랑한 낭만이다. 주인공이 학교폭력 피해자에서 엉겁결에 '짱'이 되고, 다시 현실로 돌아와 피해자가 되었다가 멋지게 복수하는 서사에서 후련함까지 느낄 수 있었던 드라마였다. 사람의 감정을 이용하고 미모의 권력을 활용하는 사랑의 이기성과 일방적인 사랑으로 인한 헌신까지 볼 수 있었던 이 드라마에 왜 열광했을까. 모두의 캐릭터가 생생하게 살아 있었기 때문이라고 생각한다.

비웃음을 각오하면, 나 또한 극 중의 선화에게 이입했다. 남자 사촌 동생도 "시골 중학교잖아. 누난 예쁘지는 않지만 얼굴이 하얘서 인기 좀 있었지"라고 증언해 줬다. 당시에 나는 단상에 설 일이 많았다. 시골 초등학교로 전학한 이후에 선생님의 권유로 애국가 지휘를 맡았고, 중학생이 되어서도 조회 시간마다 교사들 사이에 서 있다가 지휘를 위해 단상에 올랐다. 덕분에 전교생 모두가 나를 알았다.

그렇게 학교에서는 친구들과 잘 지냈지만 하교 뒤에 동네 친구들과는 데면데면했다. 사춘기가 시작되면서 남자아이들과 노는 게 어색해지기도 했다. 그러다 마을회관에서 '4H' 활동의 일환으로 운영하는 공부방에 가게 되었다. 집에서는 전등을 켜지 못하게 하니, 회관에 가서 숙제를 할 수밖에 없었다. 그곳에서는 남녀 중학생이 섞여 공부했는데, 사실 공부한다고 하기엔 민망할 정도로 책을 펼치는 아이는 서너 명뿐이었다.

그날도 나는 숙제를 하는 중이었다. 책에 달라붙은 죽은 모기를 손톱으로 긁어내던 중에 고등학생인 동네 오빠가 나를 불렀다. 그때 나는 K오빠가 시켰다는 것을 직감했고, 따라 나가지 않았다. K는 싸움 잘하는 오빠로 유명해서, 동네 아이들이 꼼짝을 못했다. 덩치는 작았지만 날렵했고, 눈빛이 서늘했다. 그가 중학교를 떠나 고등학교에 진학하면서 마주치지 않기를 얼마나 기대했던가.

5분 정도 시간이 흘렀을까, 공부방에 있던 남학생들이 가방을 싸서 슬금슬금 사라졌다. 그러고 나니 여학생 몇 명만 남았다. K는 또 다른 오빠를 시켜서 다시 나를 불러냈다. 나를 부르러 온 오빠들의 눈빛이 절절했다. 나도 그의 폭력성을 알기에 가슴이 뛰고 손에 땀이 나며 떨렸다. 하지만 그가 나를 때릴 순 없으리라는 생각에, 공부방 문을 열었다. 그러자 문 앞에 서 있던 남학생의 무리가 홍해 갈라지듯 열렸고 그의 검고 작은 체구가 드러났다.

그는 하얀 이를 드러내며 건물 옆쪽으로 나를 데려갔다. 그러고는 의연하고 단단한 말투로 말했다.

"야, 나랑 결혼하자. 나는 학교 졸업하면 농사지으며 부모 모시고 아들딸 낳고 행복하게 살 거야."

"난 시골에서 살지 않을 거야. 절대로."

"그럼 사귀자."

"싫어. 나 좋아하는 사람 있어."

그는 볼을 실룩이며 벽에 두 손을 짚고 뜨거운 숨소리를 뿜었다. 덜컥 겁이 난 나는 공부방 쪽을 훑어보았다. 아무도 없었다. 나에게 좋아하는 친구가 있다는 소리에 흥분한 그는 누구냐고 다그쳐 물었다. 머릿속에 떠오르는 친구가 있었지만 나는 말하지 않았다. 그렇게 실랑이를 벌이는 동안 주변은 어두워지고 아이들의 소리도 더 이상 들리지 않았다. 그와 나 둘뿐이었다.

순간, 멀리서 삼촌의 목소리가 들렸다. 신경질적으로 나를 찾는 목소리가 그렇게 반가운 적은 없었다. K는 삼촌 목소리를 듣고 도망쳤다.

하지만 그 후로도 그는 동네 오빠를 보내 편지를 전하거나 서리한 과일을 보내곤 했다. 생일날 나를 데리고 오라며 동네 아이들을 괴롭혔다. 심지어 사촌 오빠는 그의 편지를 전하며 내게 사정하기도 했다. 할머니가 밤에 미원이나 다시다를 사 오라고 심부름을 시켜 집을 나서면, 전봇대 뒤에서 기다리던 그가 튀어나와 놀라는 일도 잦았다. 그래서 밤에 대문을 열 때면 지옥문을 여는 기분이었다. 밤에 드리워진 그의 그림자가 얼마나 공포스러웠던가.

그는 중학교에 쳐들어와 내가 좋아하는 학생을 찾는다며 학교 운동장을 누볐다. 나는 내가 좋아했던 남학생을 불러 몸을 피하라고 말했고, 그 남학생은 괜찮다며 K를 만나러 경운기 쪽으로 향했다. 나는 차마 볼 수 없어 학교 뒤편으로 도망쳤다. 그날 무슨 일이 있었는지는 잘 모르겠다. 하지만 그날 이후 K는 나를 더 이상 괴롭히지 않았다.

그리고 잊었다. 잊었다고 생각했다. 나는 서울에서 고단한 청년기를 보내다 결혼했고, 엄마는 내가 유년기를 보냈던 시골 마을에서 외할머니와 살림을 합쳤다. 나는 종종 엄마와 할머니를 만나러 시골로 내려갔다. 잠깐의 평화로운 시기였다. 예전 집터에는 공장이 들어섰고, 두 분은 마을 끄트머리에 새로 지은 종중 관리실에서 살았다. 한옥이어서 아늑하고 풍경이 좋았지만 담장이 낮아 옆 공장 사람들이 안쪽을 들여다보는 통에 불편했다. 특히 옆집은 고개만 돌려도 사람들의 움직임이 그대로 보였다.

주말에 가면 옆집에 아이들 뛰노는 소리가 들렸다. 대여섯 살 정도 되는 아이 두 명이 마당을 뛰놀다 나와 눈이 마주쳤다. 아이들은 문밖의 위험한 동물에 들키기라도 한 듯 뒤로 물러서며 소리를 질렀다. 눈빛과 표정으로 낯선 이에 대한 공포와 호기심을 드러냈다. 난 옆집 아이들을 보면서 '나도 저런 아이를 낳아야지'라는 엉뚱한 의지를 키웠다. 그런데 마당에 서서 옆집 아이를 보는 내 뒤에서 할머니가 말씀하셨다.

"K의 아이들이여. 어려선 그렇게 개구쟁이 같더니만 부모님 잘 모시고 아이들 낳고 성실하게 살아간단다. 잘났다고 하는 자식들 다 소용없어. 지 부모 돌아보지도 않는 것들이 얼마나 많은데. 저 집 아들은 핵교 졸업하고 나서 농사짓지, 부모 모시지, 돈 벌러 다니지, 애덜 키우지, 마누라 이쁜 줄 알지, 대견햐."

그렇게 열일곱 K는 어느덧 어른이 되어 그의 꿈을 이루고 살고 있었다.

"농사지으며 부모 모시고 마누라랑 자식이랑 행복하게 살 거야."

시골에서 절대 살지 않겠다던 열다섯의 나는 어른이 되어 무슨 꿈을 이루었을까.

총명하다는 착각

　나는 똑똑해 보인다는 말을 자주 들었다. 하지만 똑똑한 것과 똑똑해 보이는 것은 다른 말이니 오해 없길 바란다.

　우연한 기회에 4년 가까이 정치경제 팟캐스트 방송 〈이럿타〉를 진행했다. 평소 나의 '말뽄새'를 정확히 파악할 수 있었던 기회였다. 나는 말끝이 분명하고 '맞다', '틀리다'를 단호하게 표현하는 편이다. 이러한 태도는 상대에게 '총명'하다는 말은 들을지언정 호감을 얻기는 어려웠다.

　상담이나 강의를 할 때도 마찬가지였다. 관계에 어려움을 겪는 내담자가 고민을 털어놓으면 나는 단호하게 분석하여 관계의 이면을 확인시켜 줬다. 위로받고 싶은 마음을 헤아리지 못하고 해결 방법만 제시했던 것이다. 내 경험과 지식에 근거해 판단하고, 때로는 직관적으로 조언했다. 그러다 내가 알려준 방편을 사용하지 않으면

은근히 화가 나기도 했다. 타인을 통제하려는 욕구가 일어나는 순간이다. 정작 자신의 문제는 해결하지 못하면서 남의 문제에 해결 방법을 제시했다.

한 사무실에서 세 명이 함께 일하던 시절이 있었다. 나는 일하면서 팀원과 자주 부딪혔다. 모두 나보다 나이 많은 선배여서 대놓고 싫은 소리는 못 했다. 대표는 두 팀원을 공평하게 대우하려고 노력했지만 한 명이 떼를 쓰면 못 이기는 척하면서 그냥 넘어가는 경우가 종종 있었다. 휴가 일정을 조정하거나 재정 운용에 있어 다른 팀원은 강한 어조로 자신의 주장을 하는 편이었고, 대개 그의 편의를 봐주는 방식으로 결정이 나곤 했다. 그럴 때마다 나는 대표에게 항의했고, 대표는 속상하다면서 나와 함께 술을 마시며 다른 팀원에 대한 서운함과 문제를 이야기했다. 뒷담화였다.

나는 대표도 나의 입장을 들어준다는 생각에 참고 넘어갔다. 그러다 임기를 마치게 된 대표에게 나는 다가가 위로했다.

"대표님, 그동안 팀원 B 때문에 고생 많으셨어요."

대표는 내 어깨를 두드리며 낮은 목소리로 말했다.

"자네 때문에 더 힘들었다네…."

불에 덴 것처럼 얼굴이 따끔거렸다. 내가 옳다고 주장했던 시간, 억울하다고 항의했던 시간, 대표와 둘이서 술 마시며 나눴던 뒷담화의 시간이 주마등처럼 지나갔다. 나는 전지적 대표 시점으로 그 필름을 다시 돌려보았다. 오만한 직원을 달래느라 난감한 대표의

심정이 느껴졌다. '총명'하다고 믿었던 나 자신이 '교만'한 인간임을 확인한 순간이었다.

그렇다고 변한 건 아니었다. 친밀했던 사람에게 손절 당한 일도 있었다. 나는 명예직으로 일하던 공간에서 C와 평소 친하게 지냈다. 우리는 서로 비슷한 일을 하면서 10년 전부터 알던 사이였는데, 우연히 다른 공간에서 만난 것이다. C는 자신보다 나이가 많은 나를 언니처럼 따랐다. 그런데 어느 날 그가 다른 사람과 크게 다툰 적이 있다. 그는 내게 조언을 구했는데, 나는 갈등의 한복판에 놓인 그의 심정을 알아차리지 못했다. 그래서 마치 심판자처럼 객관적으로 잘잘못을 구분하며 냉정하고 엄하게 말했다. C의 판단에 대해서도 비판적인 입장으로 말했고, 그에게 아무것도 하지 말라고 했다. 처음에는 내 말대로 행동했던 C는 스스로 힘들어 적극적으로 갈등 상황 속에 빠졌고, 그 과정에서 여러 사람이 상처받고 떠났다. 그도 떠났다.

나는 한참 시간이 지난 뒤 C에게 연락했다. 직원을 채용하는 곳에서 사람을 추천해 달라는 일이 있어, 평소 그의 능력을 아꼈던 나는 그를 추천했던 것이다. 연락이 닿자마자 취직 이야기를 꺼내는 나에게 그는 격앙된 목소리로 말했다.

"참, 너무하네요."

그는 SNS에 나에 대한 이야기를 적어놓기도 했다. 냉소적인 마음의 표현이었다.

당시에는 그의 반응을 이해할 수 없었지만, 시간이 지나면서 점차 부끄러워졌다. 그가 원하는 대로 위로해 주고 편을 들어주지는 못할망정, 괴로움으로 힘든 상황에 놓인 사람에게 일자리 주선이라니…. 좋은 사람이 되려고 별짓을 다했던 나에 대한 자책으로 나 역시 긴 시간 괴로웠다. 그래서 조만간 용기를 내어 연락하려고 한다. 이 행위 또한 용서할 준비가 되지 않은 사람에게 사과의 행위를 들이미는 것 아닐까 싶어 주저하고 있다.

인간관계란 투입과 산출이 분명한 것이 아니다. 그렇게 쉽게 머리로 판단할 일이 아니었다. 복잡한 욕망과 인정, 부끄러움과 미련이 뒤엉킨 감정을 단순하게 해석할 수 있는 종류의 것이 아니었다. 나는 그저 내 잘난 맛에 부족한 지식과 경험으로 해결 방법을 제시해 왔다. 특히 사람의 마음에 대한 책임감 없이 내가 주고 싶은 대로 마음을 주고, 거두고 싶은 대로 마음을 거뒀다. 자신 있게 사람과 관계 맺고, 호기롭게 단절했다. 흔들리는 사람을 서둘러 결단하게 만들었고, 미숙하게 서성이는 사람의 손을 잡아끌어 성장이라는 이름으로 훈계했다. 그러다 관계 맺음에 실패하고서야, 갈등 관리를 하지 못해 모임에서 밀려나 아픈 소외감을 경험하고 나서야 알았다. 그동안 내가 호기롭게 조언한 지난날이 교만의 결과였다는 진실을….

상대의 감정에 책임지지 못하는 관계 맺음은 일방적인 교만에 가깝다. 고통을 나눠 가져야 공감 능력이 생기고, 그 능력이 생겨야 교만하지 않을 수 있다. 나는 총명한 첫인상은 줬을지 모르지만 내게 찾아온 이들과 고통을 나누지 못했기에 진정한 도움을 줄 수 없었다. 내가 너보다 더 낫다는 교만 앞에서는 고통도 슬픔도 나눌 방법이 없었던 것이다.

　'총명'의 이미지는 '교만'이 만들어낸 나의 포장, 그 이상도 그 이하도 아니었다.

봉인 해제 글쓰기

밤길 산책은 내 영감을 깨우는 소중한 시간이다. 나는 특히 늦여름 밤길을 좋아한다. 올림픽공원 북문 맞은편은 행인이 적은 데 비해 도심의 밤 조명을 만끽할 수 있는 장소라 자주 다녔다. 그 길을 걸으며 흥에 겨워 혼잣말을 하기도 한다.

50이 되어 오래 살던 지역을 떠날 생각을 하니 그 거리가 애틋했다. 나는 마지막 이별을 하듯 거리를 꼼꼼히 살피며 걸었다. 멀리 덩치 큰 남자 행인이 맞은편에서 걸어오는 모습이 눈에 띄었다. 길이 좁은 것도 아닌데, 나는 반사적으로 걸음을 멈추고 그가 지나가기를 기다렸다. 그는 점점 내 쪽으로 다가왔고, 나는 옆으로 이동할 생각도 하지 못한 채 얼어붙었다. 그는 그저 빠른 걸음으로 내 옆을 스쳐 가버렸다. 아무 일도 일어나지 않았지만, 갑자기 내 피부엔 닭살이 돋고 목덜미가 서늘했다. 나는 당황했다. 뒤돌아보니 그 사람은 어둠 속으로 사라지는 중이었다. 그리고 한 기억이 떠올랐다.

　　20대 중반 시절, 나는 한 지역신문 취재기자였다. 회식을 마치고 늦은 밤에 귀가하던 중, 골목길에서 한 남자가 내 앞을 가로막았다. 체육복을 입은 남자였다. 짧은 스포츠머리여서 고등학생이라고 여겼다. 그에게 길을 터주려고 옆으로 비켜서는 순간, 눈앞이 캄캄했다. 그가 다짜고짜 내 목을 졸랐던 것이다. 나는 반사적으로 그의 손에 칼이 있는지 눈으로 훑고, 칼이 없다는 걸 확인하고는 있는 힘껏 살려달라고 소리쳤다. 주변엔 불 켜진 집이 없었고, 지나가는 개 한 마리 없었다. 내 목소리가 어찌나 크고 우렁찼는지, 남자는 흠칫 놀라며 손을 놓쳤다. 그러고는 내 가방을 빼앗아 달아나려 했고, 나는 그 가방을 품에 껴안고 소리쳤다. 그때 어느 빌라 꼭대기 층 창문이 열리더니 할머니의 목소리가 들렸다.

　　"아가씨, 이리로 와요."

　　그 소리를 듣자마자 남자는 골목 끝으로 사라졌다. 나는 살았다.

　　까맣게 잊고 살았다. 내게 그런 사건이 있었다는 사실조차. 다만, 술자리에서 사건 사고 이야기가 나올 때 안주 삼아 말한 적은 있다. 아는 경찰이 그 청년이 잡혔다는 소식을 알려줬고, 구치소에 얼굴을 보러 가자고 내 손을 잡아끈 사실 또한 안주거리였다. 하지만 너무 오래된 사건이라 나는 그저 아무렇지 않게 지나간 일로 생각했었다.

그렇지만 잊었다고 생각한 그 기억이, 몇 십 년이 지나도 감각으로 남아 있었다.

어쩌면 우리 몸은 내가 떠올리고 생각하는 것보다 더 기억력이 좋을지 모른다. 색촉미향, 보고 느끼고 맛보고 향을 맡을 때 우리는 그것과 연관된 기억을 소환한다. 대학교 시절 만났던 남자친구의 삐삐 배경음 음악을 들으면 당시 즐겁고 행복했던 경험과 이별의 순간이 떠올라 먹먹해진다. 길을 지나다 낯선 이에게서 지금은 하늘나라에 있는 친구가 즐겨 사용하던 향수 냄새를 맡으면 그의 뒷모습을 한참 응시한다. 특정한 시기에 고통스러운 경험을 했다면 아무리 잊으려 해도 몸이 기억하는 걸 알 수 있다. 가족과 이별한 사람은 그 시기가 되면 이유 없이 몸이 아프기도 하지 않은가. 생각은 흘러가도 몸은 기억한다.

그런데 그 감각으로 불러들인 기억이 현재의 생활을 어지럽힐 정도로 영향을 준다면 문제다. 무기력해지거나 우울감을 주기 때문이다. 내 감정이 과하면 다른 걸 볼 수 없고, 자신의 특정 감정이나 피해의식에 고착되기 때문이다. 서글픔, 분노, 억울함으로 가득 차면 사람과 세상을 올바로 의미화할 수 없다. 다른 사람의 말을 왜곡해서 듣거나 사실을 사실대로 받아들일 수 없어서 판단력이 흐려진다. 자기 위주로 생각하여 판단하니 세상과 어울릴 수 없고, 어울려 살 수 없으니 스스로 고립될 수밖에 없다. 감각으로 떠오르는 기억조차 없애버릴 수는 없지만 기억을 붙잡고 따라오는 감정은 과거의 감정일 뿐 현재와 아무 상관이 없다는 걸 인식해야 한다. 빠르게 알아차릴수록 감정의 늪을 헤매지 않을 수 있다.

물론 때때로 그러한 감정을 일부러 즐기려고 했던 적도 있다. '소녀 갬성'이 주는 아련한 행복감을 느끼고 싶기 때문이다. 몸에 좋지 않은 간식을 먹듯이 그런 순간이 간혹 달콤하기도 하다. 그러나 그러한 감정 놀이는 진짜 나의 감정과는 아무 상관 없는, 현실의 고통을 피하는 습관이다. 그래서 아예 봉인해 왔던 과거의 이야기를 꺼내어 그때의 기억, 그때의 감정을 태우고 소멸시키는 작업이 필요하다.

나는 여성들과 함께 '봉인 해제' 에세이 쓰기 수업을 진행한다. 먼저 몸이 기억하는 사건을 떠올리고 그때의 감정에 깊이 들어간다. 어른이 된 자신이 어릴 적 그때의 감정 안으로 들어갔다가 빠져나오는 시간이다. 어른인 자신은 어린아이의 억울함과 두려움을 직면할 힘을 키울 수 있기 때문에, 미뤄뒀던 그 시절의 부정적 경험을 소환하여 해결할 수 있다.

한 수강생은 '잊을 수 없는 밥상'이라는 주제로 아버지에 대한 에피소드를 썼다. 하교 후 집으로 가면 아버지는 항상 술상 옆에 누워 있었다고 한다. 퀴퀴한 냄새와 파리 날리는 술상은 외롭고 초라한 자신의 모습 같았다. 그분은 엄마가 퇴근하기를, 밤이 되기를 기다렸던 지난날을 떠올리니 글 쓰는 시간이 무척 괴로웠다고 고백했다. 남편의 퇴근을 기다리며 아이들과 함께 유기농 식단으로 음식을 만드는 현재의 자신에 대해 글을 쓰고 싶었지만, 갑자기 아버지의 술상이 떠올랐고 곧 우울해졌다고 한다.

너무 미워서 속으론 아버지가 빨리 죽기만을 바랐다는 그 수강생은 글을 쓰면서 자신도 모르게 아버지를 이해할 수 있었다. 한편으로는 아버지가 죽기를 바랐던 어린 시절의 자신을 용서할 수 없어 죄책감에 시달리며 살아왔던 그분은 초등학생 시절의 자신이 드라마 아역배우처럼 여겨졌고, 시청자와 같은 입장에서 그 아이를 객관적으로 바라보며 그 마음을 쓰다듬었다. 그러자 죄책감으로 인한 우울감이 시나브로 잦아드는 느낌이었다고 한다.

어떤 이는 굳이 잊어버리고 싶은 기억을 떠올려서 부러 힘들 필요가 있겠냐고 항의하기도 한다. 그러나 몸의 기억은 무의식 깊이 자리 잡혀 있기에 언제 어느 때건 감각을 통해 기억과 감정이 함께 몰려올 수 있다. 지워버리고 싶다고 지울 수 있는 게 아니다. 부정적 기억으로 인한 감정을 충분히 불러일으키되, 그것이 현재의 감정과는 무관함을 알아차려야 하며, 그 방법으로서 글로 표현하기를 권하고 싶다.

즉 '봉인 해제 글쓰기'는 '잘 쓰기 위한 공부'가 아니라 '잘 살기 위한 공부'다. 잘 산다는 건 감정에 낚이지 않고 현재에 집중해서 사는 것이다. 몸이 기억한 사건을 알아차리고 흘려보내는 연습을 반복적으로 한다면 과거의 감정에 낚이지 않을 수 있다. 그래야 현재에 충실할 수 있다. 가슴 깊은 곳의 분노와 우울, 그리고 무기력을 제때제때 흘려보내는 방법은 감정을 들춰내고 드러내서 청소하는 것이다.

이제, 종이를 꺼내서 봉인된 이야기를 해제하자.

열정이라는 착각

"피보다 진하게 살아라."

그야말로 세이노 열풍이다. 모 대형서점의 17주 연속 종합 베스트셀러 『세이노의 가르침』을 쓴 저자 세이노 말이다. 내용은 부자가 되기 위한 가르침이다.

나는 그 글을 읽으며 우울감을 느꼈다. 나는 젊은 시절 뭐 하고 살았나 싶은 생각에 자책감이 들었다. 또한 나름 열심히 살았는데 결과가 좋지 않으니 야단을 맞는 기분이었다. 그의 말처럼 나름 진하게 살았는데, 손에 쥔 게 없으니 부끄러웠다. 아무것도 되지 못한 나는 그의 책을 덮으며 깨달았다. 나는 그저 '열정'이라는 착각으로 살아왔음을….

피보다 진했던 나의 '열정과 성실'은 방향이 잘못된 것이었다. 어쩌면 방향조차 정하지 않은 삶이었을지도 모른다.

오전 7시, 천호동에서 21번 버스를 타고 압구정동으로 출근했다. 동료보다 30분 일찍 출근하여 사무실 휴지통을 비우고 책상을 치웠다. 내 뒤를 이어 동료가 출근하면 커피를 탔다. 아무도 시키지 않았지만 나는 스스로 잡일을 도맡았다. 누가 봐도 성실했다.

뿐인가. 나는 저자 관리를 위해 저자와 술자리도 종종 가졌고, 거래처 직원과도 친밀감 있게 지냈다. 인쇄소 직원을 응대하는 일을 도맡았으며 야근이 필요할 땐 기꺼이 불만 없이 일했다. 누가 봐도 열정적이었다. 그렇게 6개월이 지났다.

그런데 회사에 흉흉한 소문이 돌았다. 재정이 어려워서 직원 구조조정을 한다는 내용이었다. 팀장은 팀원을 한 명씩 면담했다. 나는 그동안 내가 얼마나 열정적이고 성실하게 일했는지 팀장이 알아줄 것이라고 기대했다. 그렇지만 나는 보기 좋게 '잘렸다.' 도저히 받아들일 수 없었다. 내가 아부를 하지 않아서 구조조정 당했다고 판단했다.

그렇게 내 방식대로 결론을 내리고 다른 일자리를 알아봤다. 무려 5대 1의 경쟁을 뚫고 집에서 멀지 않은 곳에 취직할 수 있었다. 지역신문사였다. 사장은 부잣집 막내아들이었고, 직원들에게 친절했다. 아는 사람은 알겠지만 지역신문사는 돈 되는 사업이 아니다. 매월 직원 급여만큼 적자가 쌓였다. 그러나 사장은 올바른 지방정치에 대한 열망이 있었고, 나는 가치지향적인 그의 철학을 존경했다.

그러다 사장이 도시락 사업을 시작했다. 신문사 직원은 낮에는 신문사 일을 하고 밤이면 도시락 회사 일을 도왔다. 적자 회사를 유지해 주는 사장에 대한 보답 같은 것이었다. 회식도 자주 했고, 자주 놀러 다녔다. 직원은 회사에 대한 자부심이 컸고, 나는 행복했다. 그러나 그 시절은 아주 짧았다.

어느 날, 총무과 여직원이 신용카드를 만들라고 했다. 카드 발급 후에 '와리깡'이라는 걸 해서 회사를 도와야 한다는 것이다. 당시 나는 사회초년생이었고, 사장을 존경하고 믿었기에 카드를 발급받아 회사를 도왔다. 그러나 어느새 월급이 6개월이나 밀렸고, 이후 빚까지 떠안았다.

회사에서는 가장 높은 직급의 직원과 가장 낮은 직급이었던 나에게 휴직을 권했다. 할 수 없이 휴직한 후 사장님의 호출만 기다렸다. 그러나 사장과 총무과 여직원이 동반 도주했다는 소식이 들렸다. 믿고 따랐던 부장님의 전언을 듣고 놀란 나는 그들을 고소했다. 소액재판이었는데, 피고는 나타나지 않았다. 승소했지만 돈을 받을 방법은 없었다. 그렇게 월급을 떼였지만 부장님 덕분에 간신히 빚은 돌려받을 수 있었다. 연이어 회사를 그만두게 된 배경이 IMF 구제 금융과 연관되어 있다는 건 한참 지나서 알게 되었다.

그렇게 나의 열정은 결실을 맺지 못하고 '실직'으로 돌아왔다. 당시엔 사나운 팔자 탓이라고 여겼다. 그러니 세이노의 "피보다 진하게 살라"라는 문장에 냉소하지 않을 수 없었다. 그러다 문득 나의 열정과 성실이 어떤 내용을 담고 있었나 돌아보게 되었다.

남들보다 일찍 일어나 출근하고, 커피를 타고 청소하고 관계자들과 친하게 관계 맺는 일에 많은 에너지를 사용한 내 성실함은 방향이 잘못된 것이었다. 출판사 편집자로서 전문적인 역량과는 상관없는 내용에 열정을 쏟았던 것이다. 또한 내가 아니어도 누구나 할 수 있는 대체 가능한 일에 성실했다. 내가 퇴사했다고 회사에 리스크가 있었을까? 자기 손으로 커피를 타 먹어야 했던 동료는 조금 아쉬워할 수도 있겠지. 신문사에서는 어땠을까? 사장을 존경하고 동료와 친밀함을 유지하며 하루 대부분의 시간을 회사에서 보냈지만, 다른 회사에 입사할 커리어를 쌓지 못했고 급여를 제대로 저축하지도 못했다. 20대의 많은 시간을 방향이 잘못된 성실과 열정으로 살았다.

어쩌면 우리는 열정이라는 착각 속에서 그저 '열심히'만 살아가고 있을지도 모른다. 부지런히 많은 시간을 일에 쏟아도, 돈이나 실력이 쌓이지 않았던 나의 열정은 '열정'이 아니었음을 너무 늦게 깨달았다. 이제 50이 넘어 나는 열정의 방향을 다시 정했다. 10년 후를 바라보며 하루를 살아가는 방법을 알았다. 내가 살고자 하는 방향으로 나아가기 위해, 성장의 루틴을 정하여 하루하루를 성실하게 살아내기로 했다.

'열정'은 끌리는 일에 쏟는 에너지가 아니다. 좋아하는 일은 굳이 열정을 끌어내지 않아도 힘을 쏟게 된다. 열정은 하기 싫은 일에도 용기 내어 매진하는 '근기'이다. 그것이 내가 착각한 열정의 본질이었다.

품위 있는 싸움닭

　마을버스 정거장의 한 줄 서기 풍경은 자연스럽다. 배차간격이 넓어 기다리는 사람이 많은 것에 비해 좌석 수가 많지 않기 때문이다. 주로 대중교통이 원활하지 않은 곳을 운행하기 때문에, 간혹 아는 이웃을 만나기도 한다. 버스를 기다리며 담소를 나누는 화기애애한 장면을 목격하기도 한다. 특히 마을버스 승객 중엔 걷기 불편한 노인이 많다.

　그날도 마을버스에 올랐다. 차례로 올라타는 승객의 움직임을 보고 있는데, 유난히 걸음이 느린 노인이 눈에 띄었다. 차가 흔들리면 곧 쓰러질 듯 마른 체형의 노인은, 지팡이에 의지하여 힘겨운 걸음을 내디뎠다. 뒤에 탄 승객 모두 자기 자리를 찾아 버스가 출발하기를 기다렸지만 노인이 자리 잡지 못하고 천천히 움직이고 있었기에 버스 출발이 지연되었다.

"아이참, 빨리 좀 앉아요"라고 버스기사가 소리쳤다.

노인은 머쓱해하며 자리에 앉고는 가만히 눈을 감았다.

"일부러 저러는 거야, 저 노인네."

기사는 액셀에 힘을 주며 한마디 덧붙였다.

기사의 말투가 거슬렸다. 주변 사람들을 쳐다보니 창문으로 고개를 돌리고 불편함을 외면하는 듯했다. 나는 숨을 고르고 고상한 목소리로 기사를 향해 걸어갔다.

"그만하시죠. 듣기 불편해요. 기사분은 안 늙나요?"

정중하게 쏘아붙인 후 제자리로 돌아오는데 승객의 눈빛이 일제히 내게 쏠려 있음을 느꼈다.

히어로 영화에서는 이 장면에서 승객의 박수가 나오던데….

서둘러 출발하지 못한 짜증과 민망했을 노인에 대한 동정심, 기사의 행동에 불편함이 섞여 복잡 미묘한 마음으로 자리에 앉아 있었을 승객들은 나의 말에 한결 마음이 가벼워졌으리라.

벚꽃이 철을 모르고 만개한 늦겨울 어느 날, 버스를 기다리는 동안 추위가 가시지 않아 잔뜩 움츠리고 있었다. 버스가 도착하자 줄을 서 있던 대열이 그만 흐트러지고, 서로 먼저 타려고 실랑이를 벌였다. 문 앞에 몰려들어 버스에 오르는데, 누군가의 버스 카드가 오작동하면 다들 짜증을 내며 한마디씩 했다. 그런데 갑자기 사람들의 움직임이 멈췄다. 백발의 한 남자 노인이 그 복잡한 무리를 뚫고 앞문으로 내리려는 것 아닌가. 그러다 버스에 오르려는 사람과 엉켜 아비규환이 되었다.

"내리고 나서 타란 말이야!"

갑자기 노인은 무리를 향해 호통쳤다. 나는 황당했다. 하차는 뒷문으로 해야 하는데, 규칙을 어긴 사람은 자신이 아니던가. 그때 한 젊은 여성이 같은 데시벨의 큰 소리로 말했다.

"뒷문으로 내리셔야죠."

맞는 말이다. 속이 후련했다. 그런데 갑자기 할아버지가 그녀를 노려보더니 한마디 했다.

"싸가지 없는 년!"

노인은 기어코 앞문을 막고 서서 욕을 하고는 넘어질 듯 비틀거리며 자신의 갈 길을 갔다.

노인의 호통도 황당했지만, 여자의 카랑카랑한 목소리도 놀라웠다. 젊은 여성의 반격에 속이 후련한 것도 잠시, 쓰러질 듯 비틀거리는 노인의 뒷모습을 보니, 갑자기 그 사람이 너무했다는 생각도 들었다. 아마도 버스 안의 승객들도 각자 나름대로 심판자가 되어 노인이 옳으니, 젊은 여자가 옳으니 머릿속으로 심판하고 있었으리라.

이렇듯 사소한 부딪힘에도 우리는 시시비비를 가릴 수 없는 사건을 종종 만난다. 이때 우리에게 필요한 건 무엇일까. 바로 '품위 있는 태도'다. 걸음걸이가 힘겨워 뒷문까지 걸어갈 수 없었던 노인의 처지가 있을 것이다. 그 노인은 자신의 입장을 이해해 주지 않는 버스 하차 환경에 분노가 일었을 것이다. 젊고 건강한 사람들이 자신에게 길을 터주지 않고 서로 먼저 버스에 오르려고 하니 더 화가 보태졌을 것이다. 그 여성은 어떤가. 엄연히 앞문으로 승차하고 뒷문으로 하차하는 규칙이 있는데도, 규율을 어긴 사람이 오히려 큰소리를 치니 적반하장이라고 여겼을 것이다.

그렇게 서로가 서로의 분노를 자극하여 벌어진 찰나의 갈등이었다. 두 사람과 그 안에 있던 사람은 불편한 시간을 보냈다. 이미 차 안의 에너지는 분노와 화로 가득 차 있었고, 모든 사람이 그 파장에 영향을 받아 불편했다. 노인과 여자는 어땠을까. 서로에게 소리치고 감정이 해소되기는커녕 꽤 긴 시간 화를 삭이지 못했을 것이다.

누군가가 나의 분노를 자극했을 때 감정이 일어나는 자체를 막을 수는 없다. 그러나 감정을 배설할지, 참을지, 내 욕구를 분명히 드러낼지는 자신이 선택할 수 있다. 참거나 화를 드러내는 것 중 하나를 선택하는 경우가 있는데, 참는 경우엔 별다른 파장 없이 지나갈 수 있지만 마음 안에는 어느새 감정이 쌓이게 되고, 이후 비슷한 사건이 겹치면 참았던 감정이 보태져서 불쾌감이 증폭된다.

실제로 우리는 그러한 경험을 많이 한다. 크게 화 낼 일이 아닌데도 제어하지 못한 채 분노에 휩싸일 때가 있다. 그러므로 우리는 예의라는 틀 안에서 어떻게 내 욕구를 드러낼지 연습해야 한다. 불편함을 드러내되, 감정에 낚이지 말고 불편하고 거북하더라도 말로 표현할 수 있는 방법을 익혀야 한다. 그럴 때는 '소리 지르니까 당황스럽다', '존중받고 싶은데 무시당한 기분이다' 등의 표현을 고려할 수 있다.

대화의 기술에 대해 이야기하면 사람들은 쉽게 저항감을 느낀다. 영화 대사도 아니고, 너무 점잖고 책을 읽는 것 같다고 말이다. 물론 처음에는 말하는 이도 듣는 이도 어색할 수 있다. 하지만 그것은 넘어야 할 산이다. 그동안 해보지 않던 표현을 하는 것은 어색하다. 하지만 상대방의 자극에 분노하면서 살고 싶지 않다면 당장 연습해보자.

"아무리 감정 단어를 써서 표현해도 상대방이 바뀌지 않는다면요?"

우리가 감정을 표현하는 방법을 배우는 이유는 상대방을 바꾸기 위해서가 아니라 자신을 분노와 화로부터 보호하기 위한 것이다. 매번 상대방의 자극에 발끈하면서 싸움닭으로 살아갈 것인가, 아니면 부정적 자극에 놓인 자신을 보호하면서 품위 있게 살아갈 것인가 선택해야 한다.

그러니 어색하더라도 작정하고 열 번만 해보자. 품위 있게 분노를 다룰 수 있는 방법을 연습하자.

욕심 대 무소유

내 사무실은 원룸이다. 6평 남짓한 공간에서 상담을 하고 글을 쓰고 소수정예 교육을 진행한다. 집 근처여서 산책 삼아 걸어서 출퇴근한다. 그러다 겨울 동안 사무실에서 숙식을 해결하기로 했다. 글쓰기에 집중하기 위해서였다. 성인이 된 딸과 반려견을 집에 두고 가장이 가출한 셈이다.

일을 마치고 나면 책상 옆 작은 공간에 매트리스를 펼친다. 창문틀에 설치한 조명등이 은은하게 비치는 방 안은 고즈넉하다. 소음이 없는 그곳에서 단촐한 방을 둘러보고 자리에 눕는다. 천장이 낮아 아늑하다. 가끔 냉장고 돌아가는 소리와 보일러 작동음이 들리지만 적적할 만큼 조용하다. 나는 누워서 편한 잠을 잔다.

눈을 뜨면 이불을 개고 바로 책상에 앉는다. 새벽기도를 하고 불경을 필사하고, 약 15분 정도 영어회화 공부를 한다. 그리고 운동을 하고 간단히 샤워한다. 좁은 공간인 데다 혼자 생활하기에, 문을 열어놓고 샤워한다. 기분 좋은 향이 방 전체에 퍼진다. 그러고는 간단히 아침을 먹고 일과를 시작한다. 청소도 간단하다. 쓸고 닦는 데 10분 정도면 충분하다. 평소보다 내 일에 몰두할 수 있는 시간이 많이 확보된다. 그렇다 보니 상담예약 손님이 와도 한결 여유 있게 대처할 수 있다. 공간이 작으니 관리비도 적다.

사무실에 방문하는 사람들도 이 공간이 편안하고 좋다고 말한다. 나도 이 공간이 좋다. 가출한 지 두 달이 되어가는 동안 불편함이 없다. 오히려 더 나이 들면 원룸에서 홀로 생활하는 게 생활비도 절약하고 더 낫지 않을까 하는 생각에 이르렀다. 만족했다.

그러다 한 친구 집에 놀러 가게 되었다. 리모델링한 50평대의 넓은 아파트였다. 거실이 시원하게 뚫렸고 유럽식 주방에 놓인 식기의 색깔이 인테리어와 어울렸다. 그야말로 방송에 나오는 집 같았다. 정성스레 플레이팅한 음식을 내오는 친구 부부의 자세조차 드라마에서 본 듯했다.

시원하게 뚫린 전망은 웬만한 카페보다도 멋졌다. 4개의 방을 하나씩 구경했는데, 방마다 가족의 성향에 따라 콘셉트를 다르게 꾸몄다. 친구 부부가 내어준 음식과 와인을 마시니 고급스러운 레스토랑에서 대접받는 기분이었다. 그리고 다시 나만의 보금자리, 원룸 사무실로 돌아왔다.

그런데, 내 눈앞에 펼쳐진 공간을 보며 눈을 비볐다. 어둡고 좁은 방, 지저분한 바닥 장판, 어수선한 씽크대, 낡은 화장실 변기…. 불과 몇 시간 전까지 편안하고 아늑했던 공간이 이렇게 다르게 보일수 있다니.

나는 1인용 매트리스를 깔고 누워서 친구 집의 침실을 떠올렸다. 나는 과연 그 침실을 간절히 원하는 걸까? 유럽식 주방이 없어서 괴로운 걸까? 아름다운 정경이 펼쳐진 거실을 진실로 갖고 싶은 걸까? 가슴에 손을 얹고 생각해 보니 잘 모르겠다. 나는 사실 넓은 집을 욕망하고 있던 것일까?

사람들은 자신이 순수하게 무엇을 욕망하는지 알고 살까? 만약 자신만의 욕망을 구하고 충족하며 산다면 그보다 좋을 순 없을 것이다. 하지만 자신이 갈구하는 욕망이 순전히 자신만의 것이라고는 말할 수 없다. 타자가 원하는 욕망을 자신의 것으로 착각하는 경우가 많기 때문이다. 다락방 같은 자기만의 공간에 만족하던 내가 크고 넓은 친구 집에 다녀와서 착시효과(?)를 겪는 걸 보면, 무의식에 타자의 욕망이 침범했는지도 모른다.

나는 간혹 SNS에 일상을 올리는 글쓰기에 만족해 왔었고, 단편소설로 5·18 문학상 신인상을 받은 사실에 자부심을 가지고 있었다. 그러나 지인이 책을 출판하거나 신춘문예에 당선되었다는 소식을 들으면 박탈감을 느낀다. 내가 갖고 있고, 누렸던 것이 하찮게 여겨진다. 아무리 생각으로 통제하려 해도 되지 않는 결핍.

한때는 미니멀리즘을 추구하고 기후위기를 걱정하며 가난하고 단출하게 살아야겠다는 가치관을 갖고 있었다. 그러나 자본주의 사회에서 자발적 가난을 실천하기란 고통에 가까웠다. 무욕의 경지에 다다르면 번뇌가 덜할까 싶어 무소유를 추구하기도 했다. 그러나 무욕하고자 하는 욕망 또한 욕망이어서, 쉽지 않았다. 욕망의 고리를 끊어내지 못하니, 자발적 가난은 내게 여우의 신 포도 이상도 이하도 아니었다. 부자에 대한 시샘이 커졌고, 아무리 무소유의 가치로 나를 달래봐야 소용없었다. 그렇다 보니 무기력해졌다. 욕망에 비해 능력이 부족하고, 상황과 여건이 받쳐주지 않으니 채울 수 없었다. 여전히 간헐적으로 무기력에 빠진다.

나는 '무기력'을 끌어안고 번뇌했다. 그러다 어느 순간 무기력의 문을 열고 있는 나를 민감하게 알아차리기 시작했다. 내가 지금 무기력의 동굴을 향해 걸어가고 있구나, 하고 재빨리 알아차린다. 하루하루 비슷한 루틴으로 성실하게 살아가다가 어느 날, 갑자기 열심히 살아도 아무 소용없다는 생각이 든다. 느닷없이 내 안의 자아가 내게 말을 건다.

'소용없어. 그동안 열심히 살았는데도 손에 쥔 게 없잖아?'

그동안 나는 그 자아에 항복하며 살아왔다는 사실을 깨달았다. 그 생각과 함께 다른 증상이 나타났다. 일단 아침에 눈을 뜨면 몸이 움직이지 않는다. 한참 천장을 응시하고 나서야 천천히 움직인다. 몸을 움직이기 시작하면 심장이 과하게 빨리 뛴다. 매일 하던 기도와 명상을 집어치우고 싶어진다. 그럴 때면 OTT를 통해 16부작 드라마를 켠다. 시청을 위해서라기보다 그냥 마치 생활소음처럼 그저 틀어놓는 것이다.

　내 무기력의 근원은 뿌리가 깊다. 살면서 내가 구하고자 하는 욕망을 현실이 받쳐주지 않아 꺾이는 경험을 반복했다. 희망을 갖는다는 건 곧 있을 상실을 예고하는 것과 다르지 않았다. 의식하지 않고도 본능적으로 열패감, 상실감, 허무함 같은 감정을 만들었다. '아, 갖고 싶다. 이루고 싶다'라는 희망과 동시에 '안 될 거야, 아마'라는 비관적인 결론으로 생각을 마무리한다.

　그렇게 환경 탓을 하면서 낙관과 비관 사이를 오가던 나는 문득 난관과 비관의 간극에 오롯이 '나'라는 존재가 자리 잡고 있음을 알았다. 나라는 존재가 욕망을 채우기 위해 얼마만큼의 근기로 실천했느냐는 돌아보지 않은 채, 환경 탓만 해왔던 것이다. 어떨 때는 '그 욕망은 네 것이 아니야. 성공할 리 없어, 그렇게 돈이 많이 벌릴 리 없어' 하는 생각이 발목을 잡았다. 그렇게 중간에 포기하고 욕망을 갈아타면서 생기는 현상이 '무기력'이었다. 결국 이전의 욕망이나 새롭게 갖게 된 욕망이나, 실체 없이 몸과 마음을 괴롭혀 온 셈이다. 모든 욕망이 나빠서가 아니라, 욕망을 욕망하며 느끼는 감정과 마음자리가 슬프고 위축되고 불쾌하고 무기력하니 나 자신에게 해가 되었다. 특히 위축감은 이미 내가 꿈꾸던 욕망을 채운 타인에 대한 시샘과 질투를 낳았다. 나도 참 못났다.

　삶에는 과정이 있고, 그 과정을 충실히 해도 결과는 아무도 모른다. 과정을 살지 않고 지레 포기하는 삶을 살아온 나를 깨닫자, 무기력이라는 강력한 '부정'을 넘어설 수 있는 방법을 찾았다. 그것은 '순리대로 살아가기'다.

매일 과정의 삶을 살되, 결과는 나의 것이 아님을 반복적으로 생각한다. 겁먹고 불안하고 포기하는 내 자아를 그저 순리에 맡기기로 했다. 욕망이 있다가도 사라지고, 다시 다른 욕망이 나를 물들여도, 근기 있게 실천할 것은 하면서 살아가려고 한다. 그렇다 보니, 욕망을 성취한 것도 아니고 환경도 변하지 않았지만, 간헐적 무기력을 겪지 않은 지도 꽤 되었다. 순리대로 살라는 너무 평범한 진리를 깨닫기까지 오랜 시간이 걸렸다.

나는 오늘도 6평 원룸에서 따뜻한 커피와 곶감을 먹으며 이 글을 쓰고 있다.

자존감이라는 능력

그는 스스로 '자존감'이 낮다고 말했다. 힘들 땐 자신을 망가뜨리는 방식으로 회피한다고 한다. 술을 마시거나 밤거리를 목적 없이 돌아다니는 식이다. 어떨 땐 다음 날 회사에 휴가를 내고 하루 종일 잠을 잔다. 그러고 나서 출근해 책상 앞에 놓인 서류를 보면 마음이 무너진다. 팀장은 여느 때와 마찬가지로 잔소리를 한다. 자신은 야단맞아도 싸다는 생각으로 그는 퇴근 후에 스스로를 처벌한다. 술을 마시고, 밤길을 다니고, 폭식하는 방식으로…. 그리고 정신과 의사나 상담사를 만나 반복적으로 같은 이야기를 쏟아놓는다고 한다.

"제가 자존감이 낮은 이유는요, 가지 말라고 우는 저를 물끄러미 바라보다 그냥 나가버리고 돌아오지 않은 엄마 때문이에요. 나는 자라면서 일이 풀리지 않거나 문제가 생기면 모두 내 탓이라고 여겨요. 지금도요."

그는 10년째 병원과 상담실을 오가며 같은 말을 해왔다. 그가 나를 찾아온 건 낮은 자존감으로 부모 탓, 환경 탓을 하며 긴 시간을 보내다 마흔을 앞둔 시점이었다. 그는 감정처리가 잘 되지 않아 낮은 자존감에서 벗어나지 못한다고 했다.

강의실에서나 상담실에서 그와 비슷한 이유로 힘겹게 버티며 사는 이들을 많이 만나게 된다. 자신이 쓸모없다는 생각과 함께 무력감, 슬픔, 분노, 허무, 불안, 초조의 감정에 둘러싸여 살고 있는 이들을 생각보다 주변에서 흔히 볼 수 있다. 그처럼 사람들은 자존감을 감정의 영역으로 인식하는 경우가 많다.

물론 기질에 따라 개인차가 있지만, 성장환경이 자존감 형성에 큰 영향을 미치는 건 사실이다. 때문에 부모가 되고 난 후에도 부모 탓에서 벗어나지 못하고 원망을 안고 사는 경우가 있다. 그런데 과연 성장 환경이 그를 그렇게 만들었을까? 나는 되돌릴 수 없는 과거 환경으로 자신을 합리화하고 있을 가능성이 더 크다고 생각한다. 자존감을 감정이 아니라 능력으로 인식해야 해결의 실마리를 찾을 수 있다. 자존감은 문제해결 능력과 깊이 연관되어 있기 때문이다.

어른이면 자존감을 다룰 줄 알아야 한다. 나 또한 누구를 만나느냐, 어떤 모임에 가느냐에 따라 자존감이 상승하기도 하고 하강하기도 한다. 하지만 그것은 일시적일 뿐이다.

아이를 길러본 사람은 기억할 것이다. 아이가 누워 있다가 기어 다니기 시작하면 양육이 더욱 힘들어진다. 아이는 움직이다가 위험에 노출되기도 하고, 자기 고집이 생기면서 말도 잘 듣지 않는다.

엄마가 떠 넣어주는 걸 따박따박 받아먹으면 좋으련만, 기어코 자기가 숟가락으로 먹는다고 고집을 부린다. 생각처럼 도구를 쓰기가 어려우면 숟가락을 내던지고 주먹으로 퍼먹는다. 식탁을 엉망진창으로 만들어놓고도 배가 부르면 환하게 웃는다. 포만감과 스스로 먹었다는 자신감이 보태진 표정이다. 그뿐인가. 나름대로 양심이 있어서, 흘린 이유식을 손바닥으로 문질러서 닦는다. 더 처참하게 옷이 지저분해졌지만, 아이는 스스로 만족감을 느낀다.

딸이 초등학교 3학년 때 일이다. 하교 후에 혼자 집에 있어야 하는 딸이 위험할까 봐, 나는 그때까지 가스 불 켜는 법을 가르치지 않았다. 그런데 어느 날 저녁, 퇴근하고 현관문을 여니 라면을 먹고 있는 딸 모습이 보였다. 나는 핸드백을 문 앞에 던져놓고 식탁으로 달려갔다. 따끔하게 야단을 칠 요량이었다. 그런데 눈을 지그시 감고 라면 맛을 음미하는 딸을 보는 순간 야단칠 수 없었다. 어느 때보다도 만족스러운 표정이었다. 딸아이는 의기양양하게 말했다.

"설거지도 해놓을게. 이젠 저녁밥 안 차려줘도 돼. 내가 해 먹을 수 있어."

전철 타는 연습을 시키기 위해 집에서 출발한 아이와 사무실 앞에서 만나기로 한 날도 잊을 수 없다. 나는 너무 불안했다. 복잡한 환승역에서 제대로 갈아탈 수 있을지, 혹시 납치라도 당하면 어떡하나 하는 걱정으로 일이 손에 잡히지 않았다. 엄마가 일하는 사무실까지 찾아오는 것이 그날의 과제였다.

나는 도무지 사무실에서 기다릴 수 없어 전철역까지 나가서 기다렸다. 그날 우리는 많은 사람들 틈에서 서로를 알아보기 위해 커플티를 입었다. 저 멀리서 나와 닮은 여자아이가 나를 발견하곤 달려오고 있었다. 다리에 힘이 풀리며 눈물이 날 지경이었다. 아이는 전철 탈 때 무서워서 울고 싶은 심정이었지만 잘 참고 도착했다며 스스로 자랑스러워했다. 그 시기에 딸은 훌쩍 자랐다. 살이 쪄서 아이들이 놀린다며 자존감이 낮아져 괴로워하던 시절이었다.

우리는 의외로 큰 문제가 발생하면 차분해지고 잘 해결하는 경향이 있다. 그런데 일상에서 소소한 문제가 발생하거나 반복적으로 생기는 문제를 해결하지 못했을 때는 짜증이 생긴다. 그것이 심해지면 피하고 싶고, 회피가 습관이 되면 점점 무기력해진다. 그러다 문제가 생길까 봐 불안해하며 매사에 긴장하며 살게 된다. 그 긴장이 쌓이면 어느 날 무기력에 빠지게 된다. 관리비를 납부했는데도 미납처리가 되거나, 택배가 잘못 배송되었거나, 세금 문제를 처리하는 것이 어려워 손해를 보거나, 층간소음이나 주차 문제로 이웃과 다툼이 벌어졌을 때 등, 일상을 살면서 억울하고 짜증 나는 일이 생겼을 때 무조건 자신이 손해를 보는 방식으로 회피하는 사람들은 자존감이 더 낮아진다. 회피형도 있지만 문제해결력이 없어서 낮은 자존감을 '화'로 표현하는 경우도 많다.

어르신 고객이 많기로 소문난 동네 은행에 방문했을 때의 일이다. 몇몇 직원이 여든을 족히 넘겼을 어르신 주위에 모여 있는 모습이 보였다. 옆에 다가가 사정을 엿들으니 노인은 출금 신청서를 직원이 써주지 않는다며 화내는 중이었다. 담당 은행원은 울상을 지으며 사정을 설명했다. 출금 신청서를 대신 쓰고 나서, 본인 서명만 해달라는 것인데도 노인이 화를 냈다는 것이다. 처음엔 눈이 안 보인다고 했다가, 그냥 아무렇게나 동그라미라도 그려도 된다고 하니 자신을 무시하냐며 갑자기 버럭 화를 내고 소리를 쳤다고 한다.

나중에 안 사실이지만, 어르신은 한글을 모르는 분이었다. 까막눈이라는 것을 들키기 싫어서 버럭 화를 낸 것이다. 자신이 문제해결 능력이 없으니, 화를 내면 주변이 마지못해 대신 해결해 주다가 그런 습관이 들었다고 본다. 그러나 어르신이 자신의 상황을 설명하고 직원에게 부드럽게 부탁했더라면 직원과 다른 사람들을 불편하게 하지 않고도 해결되었을 것이다. 그렇게 감정을 상하지 않고 문제를 해결했더라면 조금 더 부드럽고 넉넉한 어르신이 되어 있지 않았을까? 화내고 감정을 터뜨리며 일상을 살면 스스로 고립되고 외로운 삶을 살아갈 수밖에 없다.

자신이 한없이 초라하게 느껴지고 위축되는가? 두렵고 불안한 상태가 지속되는가? 지금 눈앞에 닥친 작은 문제를 해결해 보자. 거절하지 못해 끌려다니는 관계가 있다면 용기 내어 거절해 보고, 손해를 본 것 같아 전전긍긍하고 있다면 연락해서 물어본다. 싫지만 해야 하는 일을 용기 내어 해보자. 누군가에게 연락해야 할 일이 있지만 미루고 있다면 당장 연락해 본다. 생각만 하고 실천하지 못했던 '나 홀로 여행'을 떠나보고, 귀찮아 미루고 있던 각종 공과금 정리, 고쳐야 하는 배수관 수리하기 등, 작지만 번거로운 문제들을 해결하는 경험이 쌓이면 자존감이 높아진다.

나는 스스로 자존감이 낮아 자신을 망가뜨리는 방식으로 문제를 회피한다는 그에게 말했다.

"여기서 징징대지 말고 당장 집으로 돌아가서 청소를 하세요. 구석구석 깨끗이. 그리고 일주일간 해결해야 할 문제를 20가지 적어 오세요."

그는 지금도 과거의 문제를 놓아두고 현재의 문제를 해결 중이다. 자존감 또한 높아지는 중이고.

감수성을 먹고 산다?

2011년, 당시 〈개그콘서트〉라는 코미디 프로그램에 '감수성'이라는 사극형 코너가 있었다. 오랑캐가 쳐들어와 평양성과 북한산성, 남한산성이 함락되고 나서 마지막 남은 성이 감수성인데, 그 성의 장수는 감수성이 풍부하다는 설정이다. 왕은 생포한 적군에게 사약을 내린다. 그런데 적군이 살려달라며 눈물로 호소하면 슬픈 음악이 깔리면서 장수는 차마 사약을 먹이지 못하고 끝나는 내용이다. 내가 즐겨 보던 코너다.

감수성은 타인이나 외부 세계를 받아들이는 성질이다. 주변 사람의 상황에 감정이입이 잘되는 특징이 있는 사람에게도 감수성이 예민하다는 표현을 쓴다. 그런데 예민하다는 표현을 덧붙이면서 감수성에 대해 살짝 비꼬는 뉘앙스도 느껴진다. 개그 프로그램에서 희화화했듯이 말이다. 그러나 감수성이 둔하면 타인에게 상처를 주는 경우가 생긴다.

내 딸은 2023년 장애인 활동지원사 교육을 이수했다. 그런데 주 5일 진행하는 교육 참여 기간 내내 함께 교육받는 몇몇 수강생의 태도에 대해 불편하다고 했다. 3일째 되는 날, 휠체어를 탄 여성 중증 장애인 강사가 장애인 당사자의 삶과 장애인 인권을 주제로 강의했다. 그런데 뒷자리에서 교육받던 중년 여성 몇몇이 한숨 지으며 말했다고 한다.

"에휴, 우린 부모님께 감사해야 해. 저런 몸으로 낳아주지 않았으니 말이야."

"그러게요. 아휴 불쌍해라."

자신이 장애 없는 몸으로 태어난 것에 감사하는 마음은 알겠지만, 당사자에게 들리도록 큰 소리로 생각을 말하는 태도는 감수성 없는 행동이다.

세월호 리본을 매단 가방을 메고 전철역을 걸어가고 있는데, 한 노인이 나를 부른다. 나는 그에게 다가가 부른 이유를 물었다. 노인은 "세월호 사건이 한참 지났는데 그 노란 리본은 뗄 때가 되지 않았어?"라며 훈계했다. "왜 그렇게 생각하시는데요?"라고 되물었더니, 노인은 노란 리본을 보면 불편하니까 당장 떼고 다니라고 했다. 나는 할 말을 잃었다.

내겐 좋은 친구, 혹은 가족이라도 간혹 무딘 감수성으로 다른 사람을 상처 주는 경우도 종종 있다. 성별에 대한 편견, 신체에 대한 조롱, 특정 지역민에 대한 왜곡된 선입견이 대화에서 빠지지 않기 때문이다. 그러나 나이 들수록, 지위가 높을수록, 영향력이 커질수록 우리는 감수성을 공부해야 한다. 타인에 대한 영향력이 큰 사람이 미치는 폐해는 더 크기 마련이며, 편견으로 인한 소외를 만들기 때문이다. 그래서 우리는 감수성을 학습해야 한다. 그렇다면 어떻게 해야 할까?

첫째, 사람을 존재로 만나야 한다. 성별, 나이, 지역, 경제적 수준 등으로 선입견을 가지고 보지 말고 그 사람의 존재 그 자체로 보는 연습이 필요하다. 나이와 외모, 고향과 집, 가족관계를 궁금해하기보다는 그 사람의 기분과 마음이 어떠한가, 무엇을 소중히 여기며 살고 있는가, 그 사람의 희로애락은 어떠하며 좋아하는 것과 싫어하는 것이 무엇인지를 아는 것이다. 그러면 싫어하는 것을 피할 수 있고, 좋아하는 것을 공유하며 친밀해질 수 있다. 사실 수십 년을 만나면서도 반복적으로 친구가 싫어하는 일을 하거나 싫어하는 것을 권하는 경우도 많지 않은가.

둘째, 사회적으로 차별받거나 억울한 일을 당한 이들의 곁을 지킨다. 그리고 친구가 된다. 아무나 친구로 받아줄지는 모르겠지만, 만나고 함께하려고 노력해야 한다. 당신의 아픔을 기억하고 있으며 함께하고 있다는 표현을 한다. 고립으로부터 벗어날 수 있도록, 일말의 용기와 위로를 줄 수 있도록 노력한다. 마음이 잘 움직이지 않거든 가까이 다가가서 알아보도록 노력해야 한다. 머리로 공감하는 아픔과 마음으로 공감하는 아픔은 질적인 차이가 크다.

셋째, 아무리 눈 씻고 찾아봐도 주변에 모두 잘난 '인싸'들만 있다면 최소한 소수자 감수성을 다룬 영화를 보는 방법을 추천한다. 차별받고 고통받는 이들을 다룬 영화, 사회적 차별과 사건으로 힘들어하는 이들을 다룬 영화를 본다. 그 영화가 따분하고 어렵다면 평소 인권 감수성이 있는 친구, 혹은 관련 단체의 홈페이지를 찾아보거나 관련자를 만난다.

꼭 그렇게까지 해야 하냐고? 꼭 그렇게까지 해야 한다. 감수성은 타고나는 게 아니라 형성되는 것이기 때문이다. 나 또한 휠체어 장애인이 담배 피우고 술 마시는 모습을 마주하고 무척 당황한 적이 있었다. 그건 장애인을 그저 한 사람의 성인으로 보기보다 별종의 사람이라고 인식했기 때문이다. 하지만 장애인을 자주 만나면서 점차 장애인에 대한 인권 감수성을 배우게 되었다.

이도 저도 싫고 거부하고 싶다면? 넷째, 그냥 입을 다물어야 한다. 잘 알지도 못하면서 동정하거나 왜곡, 폄훼하지 말고 말이다.

인간에 대한 최소한의 예의는 '어떻게 하면 상대방이 좋아하는 것을 맞출까?'가 아니라 '어떻게 하면 상대방이 상처를 덜 받을까?'에 대한 상상력이고 태도다.

분노를 다룬다

나의 부캐(부캐릭터)는 타로 상담사이다. 인생의 고비마다 무엇인가 배우는 곳으로 몸을 숨겼던 나는 10년 전 복잡한 사정을 잊고 싶어 무작정 타로 마스터를 찾아가 배웠다. 타로 마스터 교육과정을 마치고 취미 삼아 상담을 시작했는데, 주변 지인에게 입소문이 나서 어느새 찾는 사람이 많아졌다. 타로라는 도구를 활용하여 지혜를 묻고, 스스로 삶의 방향을 찾을 수 있도록 돕는 상담이 무게감 있게 다가왔다. 그러자 함부로 '재미 삼아'라는 말을 할 수 없었다.

타로는 위로와 치유의 역할을 했으며 중요한 결정을 대담하게 할 수 있도록 용기를 줬다. 나는 주민 조직화, 공동체 교육 강사였지만 타로 마스터로서 상담도 하고, 실제 교육 현장에서 자기 이해를 돕는 타로 교육도 진행했다. 특히 타로 소울 카드로 자신의 기질을 돌아보는 것은 자기성찰의 도구로 손색이 없었다.

78장의 유니버셜 웨이트 타로 카드 가운데 1번부터 9번까지의 카드로 소울 카드를 본다. 태어난 생년월일을 더해서 자신의 소울 넘버를 찾을 수 있다. 강점과 약점을 파악할 수 있고, 무엇보다 분노의 버튼을 알 수 있다. 분노의 버튼은 화났을 때 '꼭지가 돈다'라는 표현의 그 꼭지와 같은 역할이다. 기질마다 분노를 자극하는 내용에 차이가 있기 때문이다.

내 딸의 소울 넘버는 1번, 마법사 카드다. 창조적이고 다양한 분야에 관심과 재능이 있는 사람이다. 그러니 호기심을 억누르거나 하고 싶은 일이나 취미생활을 할 수 없으면 분노가 생긴다.

딸은 어릴 때부터 노래 부르고 춤추고 그림 그리기를 좋아했다. 나는 피아노 학원을 다니고 싶었지만 엄마가 보내주지 않아 배우지 못한 것이 평생 한으로 남았기에, 피아노 연주만큼은 딸에게 가르치고 싶었다. 그러나 일주일 만에 딸로부터 그만두겠다는 통보를 받았다. "엄마가 하고 싶으면 엄마가 배우던지"라는 싸늘한 말을 남기고 말이다. 그러다 방과 후에 가야금을 배우고 싶다길래 등록시켜 줬더니 이번에는 손가락이 아프다고 그만뒀다. 배드민턴도 그렇게 하다가 그만뒀다.

그런데 초등학교 3학년 때 자기가 직접 찾아가 등록한 종이접기 학원은 꾸준히 다녔다. 성인 여자들 클래스에 섞여 골판지를 말며 3년을 보냈다. 아이가 남긴 작품도 예술적이었으나 몇 번의 이사 끝에 먼지가 쌓이고 망가져서 미안할 따름이다. 뜨개질도 유투브를 통해 배워서 작품을 만들고, 성인이 된 지금도 방에서 꼼지락대며 시나리오를 쓰고, 웹툰을 그리고, 뭔가를 만들어낸다.

독자는 눈치챘겠지만 재능이 다양해도 어느 것 한 가지를 길게 하지 않는다는 특성이 있다. 마법사 소울은 수저를 잘 물고 태어나면 이보나 좋을 수 없는 경우다. 뛰어난 아이디어와 예술작품이 그들의 손을 통해 탄생할 가능성이 높다.

평소에 촉이 좋고 영감이 뛰어난 사람 중엔 소울 넘버 2, 여사제인 경우가 많다. 어릴 때부터 존재에 대한 관심이 많아 인문학에 관심이 많다. 혹은 종교 활동을 열심히 한다. 현실적인 이익보다는 관념적이고 추상적인 이상향에 관심이 있다. 우주 밖으로 관심을 확장하기도 한다. 책 읽고, 공부하고, 혼자 있는 걸 좋아한다. 그런데 지인 중 사업으로 성공한 사람이 여사제 카드라는 것을 알게 되었다. 그가 평소에 촉이 좋다는 걸 알지만 여사제 기질과는 사뭇 달라 보였기에 놀랐다. 그런데 우연의 일치인지 모르겠지만, 그는 벌어들인 돈의 일부를 신부님을 위해 쓴다. 종교인은 아니지만 종교인과 가깝게 지내며 보시하는 삶을 살고 있었다.

진로 지도를 할 때, 나는 해당 소울 넘버의 학생에게는 치료, 치유, 상담, 학자 등을 권유한다. 타인을 살리는 일에 적격이기 때문이다. 다만 옳고 그름이 분명한 기질을 갖고 있어서 자신이 생각하기에 옳지 않다고 여기는 일을 하는 사람과는 관계 자체를 맺으려고 하지 않는다. 그래서 두루두루 잘 지내기 어려운 유형이다.

봉사자 조직의 주민교육에서 타로 소울 넘버 강의를 한 적이 있는데, 놀랍게도 20여 명의 참여자 가운데 절반 이상이 소울 넘버 3번, 여황제 카드에 해당했다.

이 카드의 주요 핵심 키워드는 '오지라퍼'이다. 나눔의 아이콘이라고나 할까. 가난해도 가난해 보이지 않는 넉넉한 인상을 갖고 있는 사람이 많고, 친구나 이웃에게 자신의 것을 나눠주기를 좋아하는 것이 특징이다. 부탁을 잘 거절하지 못하는 경우가 많아, 다른 사람 보증을 서줬다가 낭패를 보는 사례도 종종 있다. 오랜만에 만난 친구가 보험 계약서를 들이밀거나 물건 영업을 하더라도 한 개 정도는 구매해 줘야 마음이 편한 사람들이다. 주고도 뒤끝이 없는 유형이다. 비영리기관의 대장을 맡는다면 적성에 맞다. 그러나 가난해서 나눠줄 게 없다면? 이때 분노의 버튼이 작동한다. 주머니에 돈 없는 상황을 싫어하는 유형이다.

소울 넘버 4는 황제 카드다. 실력이나 권력을 모두 가진 황제이니 너무 좋을 것 같지 않은가. 그러나 이 소울 카드의 소유자는 살면서 책임질 일이 많이 생긴다. 가족이나 조직을 책임져야 하는 경우다. 책임감이 강해서 다른 사람에게 미루지 않는다. 아무리 바쁘고 힘들어도 누군가를 책임져야 할 위치에 놓인다면 피곤한 줄 모르고 해낸다. 그러나 자기가 보호한 가족이나 동료가 자기를 무시하면 즉각적으로 분노가 일어난다. 가부장적인 면이 있기 때문이다. 불성실하거나 책임감 없이 회피하는 사람을 싫어한다. 그의 분노의 버튼은 '무시'다.

남자 사제는 5번이다. 성직자인데도 분노가 있을까. 그의 분노는 불공평, 불공정에 있다. 자신뿐 아니라 누군가 억울한 일을 당하거나 불평등한 처우를 받는다면 분노한다.

이 기질의 소유자는 어릴 때 두드러지게 억울한 감정을 드러낸다. 형제간에 과자를 나눠 먹어야 할 때는 똑같은 양을 배분해야 한다. 많거나 적게 받는 경우 분노의 버튼이 눌린다. 성인이 되면 정의감과 의협심으로 진화한다. 사회운동을 하거나 감사 업무, 컨설팅 등에 적당한 기질이다.

관계 중심적인 기질은 소울 넘버 6번, 러브 카드다.

A씨는 친정 엄마와 살다가 심하게 다투고 분가했다. 평소 화내지 못하고 순하기로 알려진 그녀가 그토록 심하게 화를 낸 이유가 뭘까. 그녀는 실질적 가장인 엄마가 식당을 하면서 고생하는 것을 지켜볼 수만은 없어서, 다니던 대학을 그만두고 엄마를 도와 장사를 했다. 엄마의 수족이 되어 일했고 가계수입도 늘었다. 친구도 만나지 못하면서까지 엄마를 도와 일했는데, 친정 엄마가 축적한 재산의 절반 이상을 A씨 모르게 A씨의 남동생에게 증여한 사실을 알고 몹시 충격을 받았다.

단순히 돈 때문이 아니었다. 엄마가 자신을 신뢰하고 믿고 있다고 여겨왔고, 재산 처분과 관련하여 의논할 것이라고 기대했지만,

자신과 상의 없이 단독으로 처리한 엄마와 남동생에 대한 서운함이 컸다. 하지만 관계를 단절하고 나서 정작 불편한 건 A였다. 엄마와 동생은 아무 일 없다는 듯 잘 지낸다. 그녀는 관계를 소중히 하는 기질이므로 더 힘든 시간을 보내고 있으리라. 부모에 대한 사랑 때문에 자신의 것을 포기할 수 있는 헌신적인 사람이 느꼈을 배신감은 가늠하지 못할 정도로 클 것이다.

소울 넘버 7번, 전차 카드는 어떠한가. 추진력이 가장 강하다. 지체하지 않고 달릴 수 있는 준비가 된 사람이다. 때문에 하고자 하는 일에 걸림돌이 생기거나 누군가가 미래에 대해 걱정하며 신중할 것을 요구하면 분노가 치밀어 오른다. 힘이 강해서 추진하던 일에 실패하더라도 오뚜기처럼 일어선다. 도전의식이 강해서 누군가 생각만 하고 있을 때 이 유형의 사람은 행동한다. 몸으로 부딪쳐 보고 결정한다. 누군가에게 명령을 내리는 입장보다는 신뢰하는 1인자를 도와 일을 확장하고 번창시키는 데 재주가 있다.

그렇다면 이 사람의 분노의 버튼은 무엇일까? 발목 잡는 일이다. 즉, 못하게 하면 발끈한다. 또한 자신이 믿고 따르던 1인자의 뒤통수를 보거나, 문제가 발생했을 때 쿠데타를 일으킬 정도로 강력한 자기 신념을 갖고 있는 유형이다.

7번 전차 카드가 드러나는 힘이 센 유형이라면 외유내강의 소울 넘버 8번, 힘 카드는 내면의 힘이 강력하다. 힘 카드는 인내심을 요구하는 삶을 살아간다. 또한 세월의 모진 풍파로부터 모질게 단련된 사람이다. 맹수조차 유순해질 정도로 사람을 다루는 능력이 좋다. 타인을 성장시키고 교육하는 역량이 뛰어나다. 자신의 지식과 능력을 아끼지 않고 투자하여 다른 사람의 성장을 돕지만 이 기질에도 치명적인 분노의 버튼이 있다. 안내한 대로 말을 듣지 않으면 분노한다. 만약 8번의 부모를 두고 있다면 힘 카드가 시키는 대로 하면 잘될 가능성이 있다. 그러나 사람은 누구나 자율적이고 독립적으로 살아가고 싶기 때문에 부딪히는 경우가 많다.

나는 8번이다. 그리고 딸은 1번이다. 8번은 1번의 성장을 돕기 위해 다양한 방법을 써보지만 1번은 자기가 하고 싶은 걸 다 해야 하기 때문에 갈등이 생긴다. 어쩌겠나, 인내의 아이콘인 8번이 참을 수밖에….

마지막 소울 넘버 9번, 은둔자 카드는 지혜의 상징이다. 매사에 신중하다. 어린아이인데도 애어른처럼 구는 경우라면 9번일 가능성이 높다. 말이 많지 않고 무게감이 있다. 자신의 감정을 잘 드러내지 않으며 함부로 판단하지 않는다. 그래서 속을 모르는 사람이라는 평이 있다. 그러나 그 사람은 신중하게 시간을 두고 생각할 뿐, 속을 드러내지 않으려고 하는 게 아니다. 겉으로 보기엔 느려서 답답한 경우가 있다. 그러나 시간이 걸리더라도 하고자 하는 건 다 해낸다. 옆에서 답답해하거나 채근할 필요가 없다. 실수가 적고 안정적이다. 가장 빠른 7번 전차 카드와 가장 느린 9번이 한 팀이라면 극과

극이다. 팀워크가 아주 좋거나 아주 나쁘거나.

　1번부터 9번까지 한 팀으로 일하는 동료들이 출근하면서 팀장에게 인사했다. 그런데 팀장이 인사를 받지 않는다고 치자. 그러면 마법사는 별 의미를 두지 않고 제 자리로 갈 것이고, 여사제는 옳지 않은 팀장의 행동을 속으로 비판할 것이다. 여황제는 인사를 받지 않은 팀장에게 다가가 주머니에 있던 껌이나 사탕이라도 탁자에 올려놓고 제자리로 돌아갈 것이다. 남 황제는 자신을 무시하나 싶어 속으로 분노가 치솟지만 상사이기에 참고 자기 자리로 간다. 남 사제는 팀장이 팀원의 인사를 받지 않은 행동에 대해 조언을 할 것이며, 러브 카드는 혹여 자신에게 서운한 게 있어서 인사를 받지 않는 건가 싶어서 불안할 수 있다. 전차 카드는 거침없이 두 번, 세 번 반복해서 인사를 받아줄 때까지 한다. 힘 카드는 팀장에게 어떻게 말을 해야 인사하도록 만들지 고민할 것이며, 은둔자는 '사정이 있겠지' 하면서 두어 번 봐줄 것이다.

　이렇듯 기질별로 사람들의 분노의 버튼은 다르다. 그런데 팀원 모두 각자의 생각을 갖고 자기 자리에 갔을 때, 팀장은 이어폰을 귀에서 뺀다. 노이즈 캔슬링으로 록음악을 듣고 있었던 것이다.

　사람마다 타인에 의해 분노의 자극을 받는다. 자극은 같지만 분노의 원인은 사람마다 다르다. 누구나 분노의 버튼을 누를 수 있지만 버튼이 자신의 것이 아니면 분노하지 않는다.

　우리는 분노할 때, 나를 자극한 분노의 자극제에 화살을 돌리는 경우가 있다. 인사를 받지 않았으니까 분노할 수밖에 없었노라고 말이다. 그러나 자신의 분노의 버튼을 알아둘 필요도 있다. 내 분노는 남의 것이 아니라 나의 것이기 때문이다. 내 의지대로 조절하기는 어렵지만, 그 분노의 원인이 자신임을 아는 것이 분노를 다스리는 첫 출발이다.

자신의 분노의 버튼을 알아둘 필요도 있다.

내 분노는 남의 것이 아니라 나의 것이기 때문이다.

내 의지대로 조절하기는 어렵지만,

그 분노의 원인이 자신임을 아는 것이 분노를 다스리는 첫 출발이다.

3부
비로소 보이는 것들

사람을 품는 말, 미안해

　내가 어느 단체의 중간관리자로 일할 때 만난 Y는 일머리가 있는
직원이었다. 나이와 경력 차이가 많은 나를 스스럼 없이 친밀하게
대했고 직언 또한 아끼지 않았다. 나도 그가 하는 말에 기분 상하지
않고 의견을 반영했다. 앞으로 나를 이을 중간관리자로 키울 요량
이었기에 나도 그가 각별했다. 마음껏 하고 싶은 일을 하게 하고 싶
었다. 프로그램 운영방식도 자율에 맡기고, 단체 사정이 좋지 않아
급여 지급이 어려워지자, 난 망설임 없이 내 급여를 내놓았다. 당시
개인적으로는 금전 사정이 어려웠지만 한 사람을 성장시키는 데 이
정도 헌신은 필요하다고 판단해 스스로 뿌듯했다.

　그렇게 나는 Y가 장차 단체를 도맡아 운영할 거라 기대했다. 그
러나 그는 갑자기 그만두겠다고 통보했다. 그 말을 듣자마자 그에
게 서운하게 한 일이 있는지 점검했다. 아무리 돌이켜봐도 떠오르

지 않았다. 급여가 적어서일까? 나름 방편을 준비할 수 있다고 생각했다. 그를 붙잡고 싶어서 답변을 준비하여 카페로 갔다.

"저는 국장님이 좋아요."

Y는 첫마디를 꺼냈다. 나는 죄인처럼 커피잔을 만졌다.

누구나 취업하고 싶은 대기업이라면 선임이 이렇게 죄인처럼 앉아 있을까? 내 처지가 딱하다고 생각했다.

"그동안 아껴주셔서 감사해요."

서두의 긍정적인 말이 더 겁났다. 짧게 되물었다.

"그런데?"

"이곳엔 제가 필요 없어 보여서요."

사직을 되돌릴 틈 없이 표정이 결연했다. 나는 아무 말 없이 그의 뒷말을 기다렸다.

"국장님, 처음 입사해서 일을 어떻게 해야 할지 막막했어요. 여기서 일을 배울 수 있을까 회의적이었어요. 국장님은 다 알아서 하라고만 하시고, 저는 제가 잘하는지 못하는지 몰라서 불안하고. 문제가 생기면 국장님이 다 알아서 처리해 주시니 주눅도 들고…. 저를 좋아하시는 건 알지만 일을 자세히 가르쳐주지 않으니 늘 불안했어요."

그는 중간중간 쉬면서 말을 고르는 듯했다. 그의 말이 끝나기가 무섭게 내 명치끝에서 묵직한 분노가 치밀어 올랐다. 내가 너한테 어떻게 했는데. 울고 싶을 지경이었다.

나는 중간관리자가 되기 전에 자원봉사자로 시작했다. 처음 봉사하러 갔을 때부터 사업기획안을 써야 했다. IMF 구제금융 시기여서 실업자 지원을 위한 사업을 추진해야 했다. 사회복지공동모금회와 실업극복국민운동위원회의 자금을 지원받기 위해 기획안을 쓰고, 브리핑을 했다. 아무도 방법을 가르쳐주지 않아 관련 단체와 관계자를 찾아다니며 무작정 배웠다. 잘 알지도 못하는 기관을 찾아가 사회복지 관련 정보를 찾았다. 프로포절 작성법을 몰라서 다른 사업의 기획안 구성을 그대로 복사하여 내용을 바꾸는 방식으로 부딪쳤다. 프로그램에 필요한 인력 풀을 만들기 위해 발로 뛰며 관계를 맺었다. 나는 그렇게 배우며 성장했다. 그런데….

Y에게 나는 그렇게 했다고 차마 말할 수 없었다. 선배가 가르쳐주지 않아도 혼자 불도저처럼 열정적으로 일하는 건 내 스타일일 뿐이다. 결과적으로 볼 때, 경험하고 부딪히는 데 들이는 시간과 노력이 불필요한 경우도 많았다. 결국, 난 배운 게 없으니 가르치는 방법도 몰랐다는 사실을 깨달았다. 난 Y도 나의 방식으로 일을 습득하리라 기대했던 것이다. Y에게 말했다.

"미안하다. 나도 배우지 못했으니 가르치는 방법을 몰랐다."

그와 나 사이에 정적이 흘렀다. 몰라서 미안하다는 표현을 하고 나니 내 안의 억울함이 가라앉았다. Y 또한 마음이 진정되는 듯했다. 그 자리에서 나의 '미안함'은 진심이었다. 상호의존하면서 일을 팀으로 진행하고 책임지는 게 아니라 나 혼자 많은 일을 해내고 책임지는 방식으로 일했으니, 일의 성공과 실패는 내 것이었다. 성실하게 일해도 보람이 덜했으리라.

　그렇게 Y를 붙잡지 않았다. 그리고 단체도 정리했다. 서운함이 없었다. 사람 한두 명이 사라지면 문을 닫아야 하는 조직은 조직체로서 구실을 할 수 없다고 판단했다. 아무리 추구하는 가치가 훌륭하더라도 말이다. 지역에 도움이 되는 역할을 했지만 누군가의 희생을 담보로 '좋은 일'을 하는 조직 시스템은 바람직하지 않다. 그의 사직으로 인해 나의 부족함을 직면할 수 있었던 시간이었다. 특히 부족한 나를 스스로 인정할 수 있었던 그 대화는 15년이 흐른 뒤에도 생생하게 기억한다. 그의 미래를 응원한다.

　그때의 "미안해"라는 말은 나 스스로를 품었고, Y를 품었다.

어떤 공감

스크린에 PPT 자료를 띄웠다. 여느 때처럼 강의 시작에 앞서 고개 숙여 인사한다. 박수 소리가 들리지 않는다. 청중은 20명 남짓. 몇몇은 의자를 뒤로 젖힌 상태로 눈을 감고 있고, 몇몇은 모여서 귓속말을 한다. 다수는 엎드려 있고 한두 명 정도만 나를 빤히 쳐다본다.

강의 짬밥 10년이 넘으면 감이 잡힌다. 대놓고 교육받기 싫은 사람들이다. 필수교육이라 어쩔 수 없이 끌려 나온 티를 내는 교육생의 표정과 태도가 솔직하다 못해 날것의 마음을 고스란히 보여주는 것 같아 웃음이 나왔다.

"교육받기 싫으신가 봐요?"

아무도 대답하지 않는다.

"교육하지 말까요?"

친절하게 묻는다.

"네!"

교육생 모두가 합창하고는 민망한 웃음을 짓는다.

"저는 강의로 먹고사는 사람인데 오늘 공치면 오늘 일당은 어떡하죠?"

화면을 끄고 가져간 교재를 가방에 넣으면서 말했다. 새로운 것을 받아들이지 않고 대치하는 받아들이지 않는 적대감의 원인을 알아보고자 작정하고 가방을 쌌다.

"교육 안 하면 강사료도 안 줘요?"

한 명이 겁먹은 눈을 하고 묻는다.

"이왕 이렇게 된 거 교육하지 않을게요. 다만 시간은 때워주세요."

"네!"

교육생들은 활기 넘치는 큰소리로 대답했다. 수업 시간에 공부 말고 선생님의 첫사랑 얘기를 듣고야 말겠다는 청소년의 목소리와 닮았다.

"자, 교육받기 싫으신 이유가 뭔가요?"

"교육받으면 뭐해요? 우리 사정이 좋아지는 것도 아닌데."

명쾌한 답변이다. 맞는 말이다.

이 강의실에 모인 사람은 지역자활센터에서 근로하며 자활급여를 받고 있는 조건부 수급자와 차상위계층이다. 즉 근로 능력이 있는 빈곤층이다. 사업 실패와 건강 악화 등의 이유로 자활센터 참여자로 일하기 때문에 열패감, 무력감, 모멸감 등 다양한 감정을 갖고 일하는 경우가 많다. 센터에서는 경제적·정서적 자활과 자립을 지원하기 때문에 필수, 또는 선택으로 각종 교육을 진행한다. 물론 교육받는 시간도 근로로 인정한다. 그러나 참여자는 교육을 받는 것보다 일하는 게 더 좋다고 한다.

해당 사업장은 주민 간 갈등이 심해서 센터 측에서 조직 소통 강의를 의뢰한 곳이었다. 게다가 당시 가공사업단 참여 주민이었던 교육생들은 한 달째 일 없이 출퇴근만 해야 하는 상황이었다. 물품 공급업체가 망했기 때문이다. 20명 가까운 이들이 한 공간에 모여 아무것도 하지 않은 채 하루 8시간을 보내야 하니, 작은 티끌도 눈에 띄고 날선 감정끼리 부딪혀 매일 다툼이 일어났다. 거기다 조건부 수급자와 차상위의 갈등도 한몫했다. 이는 각자 인간성의 문제가 아니었다. 일 없이 8시간을 함께 보내야 하는 환경과, 근로능력이 좋아 조건부 수급자보다 더 일을 많이 하지만 급여가 같다는 제도의 한계 때문이었다.

"사정이 어떻게 좋아졌으면 좋겠나요?"

"지금보다 급여가 올랐으면 좋겠어요."

"급여는 누가 올려주나요?"

"글쎄요? 여기는 자활센터니까. 센터장?"

그의 대답에 옆 사람이 바로잡는다.

"그게 아니고 이건 정부에서 주는 거니까, 대통령이 잘해야 해."

"사정이 좋아지려면 대통령한테 급여를 올려달라고 해야겠네요?"

"아하하하. 대통령이 우릴 알기나 아나요?"

"여러분 급여는 국민기초생활보장제도에 근거해서 정해져요."

"그러면 제도를 바꿔야 한다는 말이에요?"

"제도를 바꾸려면 어떻게 해야 할까요?"

"뭐, 우리보고 국회의원이라도 바꾸라는 말인가?"

당시는 한창 대선을 앞둔 시기였다. 화제는 정치 이야기로 전환되고, 다들 시사평론가 뺨치는 정세 해석을 하며 강의실이 시끌시끌해졌다. 나는 본론으로 들어갈 준비를 했다.

"자, 여러분, 사정이 좋아지길 바란다고 하셨죠? 자활급여 오르기를 절실히 바라는 사람이 누구인가요?"

"우리지."

"자활급여가 오르면 좋아할 사람은 누군가요?"

"당연히 우리지."

"여러분을 제외한 정치인이나 대통령이 자활급여가 오르기를 절실히 바랄까요?"

"알지도 못할걸? 우리가 얼마 받고 일하는지."

"그렇다면, 정치인은 여러분의 사정을 알아서 봐줄까요?"

"알아야 봐주든지 말든지 하지."

"그러면 여러분은 그들이 여러분의 사정을 알게 하면 되겠군요."

"무슨 수로 알게 한다는 거요?"

또다시 교육생은 의자를 뒤로 젖혔다.

"정부나 정치인에게 여러분의 사정을 알릴 수 있는 방법이 뭐가 있을까요?"

"신문고라도 두드리라는 말씀이요?"

자, 여기까지 왔으니 강의실에서 해야 할 일이 생겼다. 나는 교육생에게 휴대폰을 꺼내 국민신문고 앱을 깔라고 했다. 다들 주춤거렸지만 앱을 깔고 그곳에 민원을 접수했다. 왜 자활센터의 급여는 최저임금에 미치지 못하는가 하는 내용이었다. 교육생들은 강의실에서 앱을 깔아 민원을 제기한 뒤 몹시 뿌듯해했다. 스스로 자신의 문제를 알리고 해결하고자 하는 행동을 한 것에 대한 자부심이었다.

물론 나는 급여체계를 알고 있었다. 수급자 자활급여 체계는 노동에 대한 대가가 아니라 자활프로그램에 대한 참여비로 보건복지부 예산으로 지급된다는 것을. 차상위계층 또한 같은 일을 하는데도 급여 차이가 있다. 그렇게 민원 한 줄을 올린다고 해서 문제가 해결되지 않는다는 걸 나도, 교육생도 안다. 다만 남 탓하며 자신의 사정을 알아주기만 바라기보다, 직접 자신이 나서서 문제를 드러내고 해결하고자 하는 자발적 움직임이 자립적인 태도 아니겠는가. 아무것도 아닌 것 같지만 이런 일은 해본 자만이 알 수 있는 자부심이고, 이것이 해결되면 자존감으로 이어진다.

잘 준비된 교육보다 더 마음에 남는 교육 현장이었다. 공감이 이끌어낸 생동감이었다.

목소리 성형이 필요하다

소리의 파장은 감정을 전달할 뿐 아니라 말의 전달력을 좌우한다. 사람들이 자꾸 자신의 말을 흘려듣는다면 자기 목소리를 한번 살펴봐야 한다. 음파 자체가 듣기 거북한 경우도 있기 때문이다. 말의 내용도 중요하지만 목소리부터 과감하게 성형해야 한다.

간혹 자기표현력 향상을 위한 교육을 의뢰받을 때가 있다. 아무리 자신을 잘 표현하려고 해도 방해 요인이 있다. 바로 목소리다. 그래서 나는 교육할 때 목소리를 바꾸는 교육을 한다. 그렇다면 목소리를 어떻게 변화할 수 있을까. 방법이 있다.

첫째, 자신의 목소리를 녹음하여 들어본다. 나는 〈이럿타〉라는 대안 정치경제 팟캐스트에서 3년 동안 진행을 맡았다. 녹음한 자신의 목소리를 들으면 거슬린다. 듣기 싫어져서 모니터링을 하지 않을 정도였다. 그러나 자신의 녹음된 방송을 들으면서 이전엔 미처 몰랐던 자신의 목소리 톤과 속도, 말버릇을 알 수 있었다.

아무리 친한 친구도 목소리와 관련해서 지적해 주는 사람이 없기 때문에 말버릇이나 목소리를 고칠 기회가 없다. 그저 다들 목소리는 타고났다고 생각하지, 소리를 변화하는 데 시간과 노력을 들이지는 않는다. 나는 방송을 다시 들으며 감정에 따라 목소리 톤이 어떻게 바뀌는지 알게 되어 차분한 진행을 할 수 있었다. 또 빠르기를 조절하여 전달력도 좋아졌다. '음', '아' 등 말과 말 사이에 들어가는 쓸데없는 소리도 많이 줄였다.

둘째, 목소리 성형을 위해 돈을 쓴다. 나는 성우의 수업을 들었다. 직업이 강사이다 보니 목소리 전달력이 중요했기 때문이다. 좋은 목소리를 넘어서 파장까지 신경 쓰고 싶었다. 그 수업에서 내 목소리가 울림통인 배에서 나오는 소리가 아니라 목에서 나오는 소리라는 지적을 받았다. 그렇다 보니 같은 내용을 전달하더라도 여운 없이 끊어지는 스타카토 목소리라고나 할까, 냉정하고 얄밉게 들리는 소리였다.

또 1년 넘게 민요도 배웠다. 성우 수업에서 내 목소리의 문제를 알고 나서 책을 읽거나 말할 때 전달력 있는 소리로 훈련할 수 있었다면, 민요를 통해 내 소리의 울림통 사용법을 배웠다. 음치, 박치 탈출은 덤이다. 제때 호흡하며 할 말을 여유 있게 정리하여 말할 수 있으니 듣는 이의 귀가 한결 편해졌을 것이다. 한번은 강의 첫날엔 시큰둥했던 분이 세 번째 강의에서 만났을 때, 얼굴에 보톡스 맞았

냐며 예뻐졌다고 칭찬했다. 강의 다니며 여러 번 비슷한 소리를 들었던 나는 착시효과(?)라고 생각한다. 그들은 나를 눈으로 본 게 아니라 귀로 본 것이다.

셋째, 근본적인 변화의 방법은 감정을 다룰 줄 아는 능력이다. 사람들은 감정을 조절하여 편안한 마음으로 행복하게 살고자 공부한다. 관련 도서 읽기, 명상하기, 호흡하기, 요가 하기, 마음공부 하기, 기도하기 등 다양한 방법이 있다. 전문가의 도움을 받아 상담을 받기도 한다. 이 모든 것은 근본적으로 자신을 변화하기 위한 공부이며, 그것이 목소리까지도 바꾼다고 할 수 있다.

소리의 파장이 바뀌면 한두 마디만으로도 상대방의 감정을 어루만질 수 있고, 화를 누그러뜨릴 수 있으며, 비호감을 호감으로 돌려놓을 수 있다. 타로 상담 입간판을 건물 앞에 세웠다. 주거용 건물인 빌라였는데 관리자가 입간판을 발견하고는 나를 불렀다.

"집주인이 허락했어요? 허락도 없이 광고판을 세우면 어떡합니까?"

관리자가 입간판을 치우면서 소리쳤다.

나는 세입자가 이 정도 광고판도 세우지 못하나 하는 생각에 화가 치밀어 올랐다. 집주인에게 전화를 걸어 따지고 싶었다. 화와 짜증이 올라왔으나 일단 숨을 고르고 감정을 달랬다. 그러고는 점잖고 낮은 목소리로 상냥하게 이야기했다.

"집주인한테 지적받을까 봐 걱정하셨군요."

"허 참, 그러니까 말이요…."

내가 목소리 톤을 낮추고 말을 하니 관리자가 당황했다.

"입간판을 어디에 세워야 집주인이 싫어하지 않을까요?"

"집주인이 여간 까다로운 게 아니에요. 그러니까 내가 이렇게 펄쩍 뛰지."

"그 마음 이해해요, 아저씨."

관리인은 건물 주변을 둘러보며 대안이 될 만한 장소를 알아봐줬다. 그러다가 관리자 개인 공간에 광고판을 보관하는 것까지도 흔쾌히 허락했다.

같은 말을 하더라도 내 감정이 조절되지 않은 상태에서 말했다면 말의 내용만 곱지, 내 불편함과 짜증이 그대로 묻어났을 것이고, 듣는 이의 귀는 불편했을 것이다. 그러나 감정을 누그러뜨리고 말하니 상대방의 태도가 변했다. 이미 다 알고 있는 내용이리라. 자기계발과 관련한 내용을 몰라서 못 하지는 않는다. 잘 안 돼서 문제다. 그리고 잘 안 되는 이유는 알고 있는 것을 시작하지 않기 때문이다.

알고 있지만 불편한 상황과 마주했을 때, 우리가 배움을 떠올리지 못하고 실제에 적용하지 못한다면 아무 소용이 없다. 그러므로 목소리 성형의 근본적인 방법, 감정을 다룰 수 있는 공부에 정진하기를 바란다.

"당신은 그게 완벽하게 됩니까?"라고 질문한다면 나는 "아니오"라고 답할 것이다. 다만 일어나는 감정을 알아차리고 조절하는 데 드는 시간을 줄이기 위해 노력 중이다.

목소리 톤은 8음계 중 '미' 정도가 적당하다. 말의 내용은 결론부터 말하고, 내용을 나중에 이야기하는 두괄식 표현 방법을 사용한다. 그래야 상대방이 알아듣기 좋다. 말을 하면서 끝말을 흐리는 버릇은 애써서 고쳐야 한다. 자신감 없는 소리는 전달력이 약하다. 또한 모든 걸 잘한다고 해서 자신의 감정을 숨길 수는 없다. 목소리 성형은 감정 달래기가 먼저다.

'경청'이 아니라 '질문'

소통을 잘하려면 어떻게 해야 할까? 이렇게 질문하면 입을 맞춘 듯 다 함께 "경청해야지요"라고 답한다. 다른 사람의 말을 잘 들어야 소통이 된다는 주입식 교육에서 벗어나지 못한 대답이다. 하지만 상대방이 말이 너무 많거나 관심사와 거리가 먼 이야기를 길게 늘어놓는다면 소통은커녕 그 자리를 벗어나고 싶을 것이다. 혹은 너무 말이 없어서 침묵 속에서 5분 이상을 두 사람이 마주 보고 있다면 어떨까? 뒷목에 땀이 맺힐 것이다. 우리는 소통을 알지만 소통의 방법을 모르고, 경청을 알지만 경청하지 않는다.

소통의 기본은 경청이 아니다. 관심이다. 내가 경청하려면 상대방이 말을 해야 한다. 그렇다면 상대방이 말을 하도록 나는 질문을 해야 한다. 그런데 질문은 생각보다 쉽지 않다. 우리의 소통 문화는 질문과 대답이 오고 가는 대화가 아니라 자기가 하고 싶은 말, 또는 필요한 말만 하고 마는 경우가 많기 때문이다. 그런데 우리는 왜 질문이 어렵게 느껴질까?

맘에 드는 상대와 소개팅하고 돌아온 날 밤을 떠올려 보자. 그날은 밤잠을 못 잘 것이다. 그에 대한 궁금증으로 머릿속이 '?'로 가득하기 때문이다. 100가지 질문도 만들 수 있다. 그렇듯 상대방에게 관심이 있으면 질문이 생긴다. 관심이 곧 질문으로 이어지고, 질문을 하면 상대방은 대답한다. 그 대답을 잘 듣는 것이 경청이다.

그러나 듣고만 있다고 해서 경청은 아니다. 들으면서 딴생각을 하거나, 들으면서 나의 잣대로 상대방을 평가해서 옳고 그름을 판단한다면 그저 듣는 시늉을 하는 것일 뿐이다. 경청했다면 상대방이 전하고자 하는 말의 뜻을 알아듣고 요약정리할 수 있어야 한다. 내 생각을 요약해서 표현하기도 어려운데, 남의 말을 요약정리해야 한다면 어느 정도 집중해서 들어야 할지 감이 올 것이다.

그래서 조직을 운영하는 임원이나 실무자, 혹은 팀의 리더를 대상으로 한 교육에서는 '질문 만들기'를 교육한다. 그냥 친한 친구를 만나는 것을 넘어 사회생활을 위해 구성원 간에 나누어야 할 대화가 있다. 또 질문에도 체계가 있다. 우선 조직은 공동의 목표가 있다. 그런데 그 목표를 이루기 위해 일하면서도 성향이 다르고 비전이 달라서 갈등이 일어나는 경우가 있다. 사사건건 내 의견에 반대 입장을 보이거나, 내 스타일대로 따라주지 않아 곤란한 경우가 있다.

질문을 할 때는 우선 3단계로 나누어 만든다. 먼저 관계 맺기와 관련한 질문이다. 상대방과 친해질 수 있는 영역의 질문이다. 어떨 때 즐겁고, 슬픈지, 분노하고 기쁜지 등의 질문을 할 수 있고, 좋아하는 것과 싫어하는 것 등의 질문이 여기에 속한다.

둘째, 자기계발형 질문이다. 조직 내에서 구성원의 역량을 파악할 수 있는 질문이다. 성인이 되기 전에 꿈이 무엇이었는지, 퇴근 후에 어떻게 시간을 보내는지, 취득하고 싶은 자격증은 무엇인지, 취미와 관심사는 무엇인지 등이다. 조직 내에서 역량을 발휘할 수 있도록 기회를 주고, 이 질문을 받은 구성원은 자신의 역량을 알아봐 주는 리더에게 믿음이 생길 것이다.

셋째, 비전 분야의 질문이다. 어떤 삶을 살고 싶은지, 몇 년 후 어떤 모습을 하고 있을지, 그것을 이루기 위해 무엇을 준비하고 있는지, 자신이 속한 공동체나 조직이 어떤 모습이기를 바라는지, 조직에 대한 생각은 어떠한지 등을 질문한다.

이런 질문을 통해 조직뿐 아니라 개인적인 만남에서도 확장된 관계를 만들 수 있다. 추억 팔이도 하루 이틀이지, 만날 때마다 되풀이된다면 재미도 없고 시간만 아깝다. 또한 시시껄렁한 근황으로 두어 시간을 보내다 보면 오래 보고 자주 만나는 관계라도 더 친밀한 관계로 발전하기 힘들다. 그러니 이제는 사람들을 만나서 나누는 대화의 질을 높이기 바란다.

처음엔 어색할 것이다. 그러나 어색함을 이겨내면 대화의 맛을 알 수 있다. 소통이란 게 어느 한 사람의 유려한 표현으로 주도되는 게 아니라 서로 평등하게 통하는 것이라는 사실을 느낄 수 있다. 바람직한 대화와 소통은 상대방에게 관심을 갖고 질문하고, 대답을 경청하고 되묻는 순환이 되어야 한다.

배울 만큼 배운 사람들이 굳이 질문을 연습장에 써서 연습해야 하느냐는 저항감이 생길 수도 있다. 그렇지만 해보고 나면 자신이 얼마나 괜찮은 사람으로 상대방에게 평가받는지 확인할 수 있다. 소통과 대화와 관련한 유튜브 강의나 책이 많이 나왔어도, 지식과 정보량을 늘리기만 하고 실천하지 않으면 아무 소용이 없다.

자, 연습장을 꺼내 세 분야에 세 가지씩 질문을 만들어 출근한 뒤에 동료에게 질문해 보자. 낯설지만 정성스럽게 상대방의 말을 듣고 되묻고 반복하다 보면 관계의 변화를 느낄 수 있다. 직장뿐 아니라 평소 만나는 이웃이나 동창 모임에서도 질문을 던져본다. 질문 자체가 어색할 수 있지만 해보면 알 것이다. 사유가 깊어지고 관계의 질도 좋아진다는 것을.

자랑하고 싶다면 '천 원'

　교복을 입는 학생 시절에는 사람들이 의심 없이 '학생'이라고 호명한다. 그리고 20대가 되면 '아가씨'라고 부른다. 그러다 30대, 40대가 되면 어느새 '아가씨' 또는 '새댁'이라 불리고, 간혹 '아줌마'라고 불리는데, 어색하고 기분이 좋지 않다. 그러다 세월이 지나면 누군가 나를 '아줌마'라고 불러도 어느새 그 호칭에 익숙해진다.

　마흔 살 즈음이었다. 휴대폰 매장 앞을 지나는데 30대 정도의 청년이 '어머니'라고 나를 불렀다. "레알, 나?" 나는 눈을 동그랗게 뜨고 그에게 다가갔다. 그는 환하게 웃으며 제품을 홍보하려 했다. 고작 그와 나의 나이 차이가 열 살 정도밖에 나지 않아 보였다. 나는 그에게 말했다.

　"제가 님의 어머니에요?"

나는 60세 이상의 교육생에게 묻는다. 처음으로 '할머니', 또는 '어르신'이라는 호칭을 들었을 때가 언제였으며 기분은 어땠는지. 내가 처음 '어머니'라는 말을 들었을 때처럼 당황스러웠다는 대답이 많았다. 손주가 생기면 '할머니, 할아버지'라는 호칭이 귀에 익숙해지지만 비혼인 분들은 어색하다 못해 불편하다고 한다. 그래서 나는 노인(이하 어르신) 교육을 할 때 수강생의 이름을 부른다.

어르신 교육을 위해 노인정에 갔을 때의 일이다. 햇살이 좋은 봄날이었고 햇빛을 가리기 위해 착용하신 모자는 색깔이나 문양이 화려했다. 기분을 물으니 모두 '좋다'고 입을 모았다. 긍정적으로 질문하면 모두 '좋다'고 말하고, 어려움이나 불편함을 물으면 '괜찮다'고 대답한다. 삶의 걱정이라고는 없는 분들 같았다. 산전 수전 공중전까지 겪고 난 수행자라서 그랬을까? 아니면 정말로 걱정거리가 없는 분들이어서 그랬을까? 자식에 대한 질문을 하지 않는 걸 원칙으로 삼는 내가 그날따라 자식과 어떻게 지내느냐는 질문을 했다. 어르신들은 입을 모아 말했다. "우리 자식들은 모두 착하고 효자"라고.

나는 10여 년 전 위 절제 수술을 하고 6인실 병동에 입원했던 엄마와의 대화를 떠올렸다. 엄마는 다른 병상에 누워 있는 분들이 무척 부러운 것 같았다.

"영선아, 앞쪽 노인네는 막내아들이 매일 간병한단다. 저런 효자가 없다."

"백수인가 보지?"

"오른쪽 노인네는 며느리가 학교 선생이라 바쁘대. 그래서 간병비를 다 댄다는구나."

"아들은 뭐하고?"

"저쪽 노인네 아들은 셋 다 대기업에 다닌다네. 아주 부자인가봐."

"그럼 엄마는 하나밖에 없는 딸이 뭐 한다고 했어?"

"응, 나는 아주 유명한 복지관의 관장님이라고 했지."

당시 나는 시민단체 활동가였다.

"사위는?"

"시의원이라고 했지."

당시 나의 남편은 시민단체 활동가였다. 기죽고 싶지 않았던 엄마가 거짓말을 했던 것이다. 나는 엄마에게 물었다.

"그렇게 잘나가는 아들이랑 며느리가 있는데 왜 6인실에 있어? 적어도 2인실에 있어야지."

"……."

엄마는 할 말을 잃었다.

어르신들은 모이면 자식 이야기로 꽃을 피운다. 다 큰 성인인데 취직을 못 했거나, 사업을 말아먹었거나, 혹은 결혼을 못 했거나, 손주를 보지 못한 사람은 대화에 끼어들 수도 없다. 다행히 자식이 여럿이라 한 명이라도 자랑거리가 있으면 기세등등해진다. 남들이 우습게 여길까 봐서, 혹은 기죽기 싫어서 자랑을 드러내고, 흠은 숨긴다. 낮 동안에는 그런 대화를 나누고 집에 돌아오면 홀로 누워 TV를 켜는 게 노인의 현실이다.

팔순을 넘기면 간혹 자식을 먼저 보낸 사람도 있고, 갈등 때문에 자식과 연락을 끊고 사는 경우도 있다. 가난해서 자식 뒷바라지를 못 해, 대를 이어 가난하고 어렵게 사는 경우도 많다. 그렇게 외롭고 고독한 어르신이 모인 공간에서 대화는 겉돌다 사라지거나, 때로는 누군가의 자랑질에 상처받는다.

나는 어르신 교육에서 '자랑' 금지령을 내렸다. 손주는 자기에게만 이쁘지, 남이 볼 땐 연예인 뺨치는 외모 아니면 그저 그렇다. 자신은 자기 손주가 몸 뒤집는 것만 봐도 대견하고 놀랍겠지만 남들이 볼 땐 그렇게 감동적인 일은 아니다. 대기업에 다니는 자기 자식이 이웃집 어르신에게 밥 한 끼 살 것도 아니면서, 자랑만 하는 건 관계를 망치는 지름길이다. 자신의 자랑은 누군가를 소외시킨다. 자식이 자랑스러워도 꾹 참는 연습이 필요하다.

"자식이랑 손주 이야기 빼면 할 이야기가 없는데요?"

간혹 그렇게 항의하는 어르신도 있다. 그럴 땐 방법이 있다. 자랑하고 싶을 땐 들어주는 친구 손에 '천 원'을 쥐어주라는 것이다. 물론 사전에 미리 협의가 되어야 한다. 손주의 깜찍한 영상을 옆 친구에게 보여주고 싶다면 천 원을 건네고, 천 원을 받은 사람은 기꺼이 기분 좋게 영상을 함께 즐기는 거다. 깔끔한 거래 아닌가.

어르신의 특징은 '잘 변하지 않는' 것이다. 그래서 본질부터 바꾸려고 하면 문제가 생긴다. 어쩌면 불가능한 일이기도 하다. 그래서 어르신을 변하게 하는 것이 아니라, 방법을 알려줘서 자식 자랑도 맘껏 하게 하고, 소외감을 느끼던 분들은 돈을 받고 기꺼이 들어주면 된다. 노인정에서 '쿨'한 거래가 되면, 서로 자신의 스타일대로 살아도 어울릴 수 있다.

아주 예뻤던 시절이 엊그제 같은데 벌써 '어르신'으로 불리는 분들. 느닷없이 늙어버린 것 같아 속상하고 세월이 원망스러울 것이다. 아무것도 되지 못한 채 자식에게 모든 걸 걸고 살아온 분들이 자식에 대해 특별한 감정을 느끼는 건 인지상정이다. 왜 모르겠는가.

그러나 남은 인생 자식에 의지하지 않고 이웃 친구들과 사이좋게 관계 맺고 살아가려면 자랑에도 '지혜'가 필요하다는 사실을 잊지 말아야 한다. 인간에 대한 최소한의 예의는 '상대방에게 어떻게 하면 좋아할까?'가 아니라 '어떻게 하면 상대방이 상처를 덜 받을까?'에 대한 상상력이고 태도다. 충만함, 가득함, 소유, 행복. 그 감정을 잘 다루지 못하면 자칫 누군가에게 상처가 될 수 있다.

자, 그렇다면 연로하신 부모님이 인간에 대한 최소한의 예의를 지키며 품위 있게 늙어갈 수 있도록 자식이 해야 할 일은 무엇일까?

바로 천 원짜리를 십만 원어치 바꾸어서 부모님 주머니에 넣어드리는 것이지요.

마음껏 인심 내고, 자랑하며 살 수 있도록 말이다.

중도 하차해도 괜찮아

매일 기상하자마자 짧은 인터벌 운동 루틴을 만들려고 한다. 그러나 역시 한 달을 넘기는 시점에서 슬슬 하기 싫어진다. 딱히 효과도 없다며 스스로 하지 않을 궁리를 한다. 그러나 마음먹고 눈 뜨자마자 이를 악물고(그럴 일인가) 침대에서 벌떡 일어나본다. 10분 운동용 유튜브 영상을 틀어놓고 움직인다. 문제는 운동 후에 연관된 영상을 보게 된다는 거다.

운동 후 영어 강사인 '빨간모자 쌤' 신용하 씨의 영상을 봤다. 그가 한 강연 내용 중에 "변화와 성장은 언제나 한계점에서 이루어진다"라는 내용이 가슴에 꽂혔다. 누구나 알고 있는 뻔한 내용이지만 그 한계점을 넘어선 경험이 별로 없는 나는 무겁게 받아들였다. 갑자기 그 한계와 부딪혀 변화하지 못하고 성장하지 못했던 기억이 떠올랐다. 그때, 그 한계를 넘어섰더라면 어땠을까.

부끄럽지만 하다 만 것들에 대해 떠올려 본다. 아무것도 되지 못한 나이기에 이 경험들은 아프다.

속기사 학원을 아는 사람이 있을까? 지방자치제도가 실시되면서 각 의회에는 속기사가 필요했다. 나는 학기 중 방학 때 속기사 학원에 등록했다. 초반엔 재밌어서 곧잘 따라가다가 어려워지기 시작하자 슬슬 재미없어졌다. 그러다 출판편집학원이 취직을 보장한다고 하기에 속기사 시험을 포기하고 출판편집학원에 등록했다. 당시에는 맥킨토시 편집을 도입하는 시기라 맥 편집을 배울 것인지, IBM 편집을 배울 것인지 선택해야 했는데 맥 컴퓨터가 너무 비싸기도 했고, 어려울 것 같아 도전하지 않았다. 그때는 세상이 이렇게 빠르게 변화할 줄 몰랐기에 출판 시스템이 완전히 바뀔 줄은 상상하지 못했다. 그래서 맥 편집을 배우지 않기로 했다.

당시에는 오퍼레이터라는 직업이 있었는데, 원고지에 쓴 손글씨를 컴퓨터에 입력하는 일이었다. 지금은 사라진 직업 중 하나다. 콜센터와 비슷한 구조의 사무실에서 휴식 시간을 제외하고 하루 종일 컴퓨터 자판을 두드리는 일이다. 그때는 저자와 편집자가 직접 원고를 컴퓨터에 입력하지 않아도 되었지만, 교정 교열 후에는 오퍼레이터작업 공정을 거쳐야 했다.

나는 돈에 쫓겨 급한 마음에 출판학원 졸업 전에 취직했다. 출판학원을 수료하고 나서 여러 곳을 둘러보고 취직했어도 좋았을 텐데. 그저 급했다. 그리고 중국어 학원에 등록했다. 중국으로 유학하고 싶었다. 새벽 시간에 학원을 다닌 지 한 달 즈음 되자 결석하는 일이 빈번해졌다. 실력이 늘지 않아 흥미가 떨어졌고, 유학 후에 현지에서 공부하는 셈치고 그만뒀다. 그러고는 영어를 배우려고 강남의 비싼 원어민 학원에 등록했다. 그곳에서는 수강 첫날부터 원어민과 대화해야 하고, 수강생끼리도 영어로 대화해야 했다. 다른 수강생들은 모두 실력을 쌓기 위해 영어를 잘하는 사람과 대화하고 싶어 했고, 왕초보인 나는 누구를 붙잡고 이야기해야 할지 늘 조마조마하고 위축된 마음으로 학원을 다녔다. 학원비를 버릴 수 없으니 다니긴 했지만, 늘 혼자 입을 닫은 채 지냈다. 누군가 말을 걸어오면 몇 마디 나누지 못하고 헤어져야 했다. 그곳에서는 종종 파티를 열어 자연스럽게 수강생 사이에 친밀감을 형성하도록 도왔는데, 나는 거기서도 꿀 먹은 벙어리였고 그 파티장을 빨리 벗어나고픈 생각뿐이었다. 내겐 악몽 같은 시간이었고, 스스로에 대해 크게 실망한 시간이기도 했다. 그렇게 그 학원을 그만뒀다.

30대 후반에는 시나리오 학원에 등록했다. 글로 돈을 벌고 싶다는 욕심 때문이었는데, 그곳에서는 초반에 두각을 보였다. 아이디어가 좋아서 주변의 반응도 좋았지만 시나리오를 잘 완성하지는 못했다. 아이디어에 비해 시나리오가 별로라는 지적을 받았다. 돌이켜보면 공부하는 학생이니 지적을 받는 건 당연한데, 나는 다른 사람의 지적이나 충고를 받아들일 준비가 되지 않은 상태였다. 너무 늦은 나이에 시작해서 시장 진입의 가능성이 없다는 나름의 평계를 만들고는 그곳을 다시 그만뒀다.

다음에는 지방으로 귀촌할 꿈을 안고 40대 중반에 피부관리 기술을 배웠다. 퇴직금을 들여 꽤 비싼 수강비를 내고 배웠는데, 1차 필기 시험은 손쉽게 합격했다. 그런데 실기시험을 준비하는 과정에서 한계가 왔다. 준비해야 할 것도 많고, 모델도 구해야 하는 등 생각보다 과정이 복잡했는데, 그때 마침 일자리 제안이 들어오는 바람에 실기시험을 포기하고 다른 일을 하게 되었다. 취직하고 난 뒤에라도 시험을 마무리하면 되었을 텐데….

신은 내가 하고자 하는 길을 열어주기 위해 기회를 줬으나, 나는 매번 한계를 느낄 때마다 멈추고 그만뒀다. 적절한 핑계를 만들어서 근기 없는 나를 합리화했다. 만약 20대부터 배워왔던 것을 따박따박 해내고, 자격증을 취득하여 직장을 가졌다면 현재 어떤 모습으로 살아가고 있을까? 상상만 해도 속이 쓰리다. 20대엔 조급해서, 30대엔 늦었다는 생각에, 40대엔 다시 조급해서 시작했던 일들을 그만두고 멈췄다.

누구나 삶의 고비에서 기회가 주어진다는 걸 믿는다. 나는 주저 없이 기회를 선택했지만 기회가 성장의 결과로 이어지지 않았다. 그것은 순전히 나의 근기 부족이었다. 한계에 부딪힐 때마다 그만뒀기 때문이다. 운이 좋아도 그 운을 지켜낼 힘을 기르지 못했다. 변화와 성장의 신호는 '한계점'에서 온다는 말, 지금이라도 새겨듣고 다시 도전해야 한다.

한계를 넘어 결과를 만들어내고야 마는 사람을 보면서 그들이 부러워 뒤척인 날이 얼마나 많은가. 밤새 공상으로 꿈을 꾸면서 잡히지 않는 현실에 실망하여 도피한 적이 얼마나 많은가.

다행히 나는 다른 사람에게 배움의 성찰을 전하는 직업을 갖고 있다. 그 모든 배움이 나의 통찰력 안에 숨 쉬고 있다는 걸 느낀다. 무엇이 되지 못했어도, 배우다 말았던 것들도 내 통찰력 안에 살아 숨 쉬고 있으니 그 과정에 대해 이야기할 수 있는 지식과 경험은 나의 것이기 때문이다. 그래서 의미를 부여하여 잘 전달할 수 있는 역량을 키우려고 한다. 돌고 돌아 50이라는 나이가 되었지만, 이제 나는 재미가 사라져 그만두고 싶거나 도망치고 싶어도 그 기회를 부여잡고 시간을 견디려 한다. 한계점을 넘어야 하는 그 첫 작업이 바로 이 원고를 쓰고 책으로 묶는 일이다.

과거에 갇힌 사람들

화가 데이비드 호크니는 "그림에는 거울이 달려 있다"라고 했다. 화경, 그림을 보며 나를 본다는 의미다. 나는 요즘 노인을 만나면 머지않은 나의 미래를 보는 느낌이다. 때때로 거울을 보며 나의 미래를 어떻게 수정해야 할지 고민하기도 한다.

친한 언니의 옷 가게에 갔다. 한 어르신이 문을 밀고 들어와 옷을 고른다. 사이즈가 맞지 않아 고민하더니 나를 쳐다본다.

"운동이나 무용한 사람들은 나이 들면 갑자기 살이 찌잖아."

그녀의 목소리는 부드러웠다. 그러고는 보건소에서 배송된 치매 검사지를 받고 충격을 받았다고 말했다.

내가 보기엔 검사받을 연령이 된 듯한데, 자신의 나이를 인정하지 못하는 표정이었다. 그녀는 처음 보는 나에게 자신이 무용과를 나왔음을 강조했다. 그녀의 목소리는 나긋했고 손짓은 춤추듯 움직였다. 옷 가게가 아닌 공연장에서 춤추는 무용수 같았다. 마치 우리 엄마를 보는 듯도 했다.

엄마는 대화할 때마다 과거로 돌아가는 습성이 있다. 길거리에서 커플을 보면 나와 함께 식사하는 동안 내내 자신의 젊은 시절 이야기를 꺼내놓는다. 그럴 땐 목소리엔 생기가 넘치고 볼이 발그레 물든다. 아빠를 처음 만나서 명동에서 데이트한 이야기, 시골 학교 선생님이 프로즈한 이야기, 딸이 있음에도 아가씨인 줄 알고 대학생이 쫓아다녔다는 이야기, 팥죽을 쑤던 솥단지를 잘못 건드려 엄마 다리에 화상을 입힌 장교가 끝까지 책임지겠다며 쫓아다닌 이야기 등등.

당뇨 합병증으로 한쪽 눈을 실명하고 주 3회 투석을 하면서도 엄마는 나와 밥 먹을 때면 과거의 이야기를 무한 반복한다. 엄마의 젊은 시절 역사를 훤히 아는 나는 과거에 머물러 있는 엄마를 놀린다.

"아이처럼 피부가 하얗고 주름이 없는 엄마의 동안 비결이야. 과거에 살고 있는 거."

또 내 친구 V는 과거의 자기 사진을 자주 보여준다. 벌써 20년 전 사진이다. 결혼 전 날씬하고 예뻤던 모습, 연예인 뺨치는 외모를 보며 주변 사람들은 감탄한다.

여러 사람이 모인 자리에서 휴대폰 사진첩을 열어 과거의 사진을 보여주며 설명하는 사람을 본 적 있으리라. 이야기하다가 젊은 시절 이야기가 나오면 예뻤던 시절의 자신을 보여준다. 기어코 "어머, 이때 진짜 이뻤네"라는 말을 듣기 위해.

한번은 복지관 내 스포츠센터의 수영 모임에서 한 명이 떡을 돌렸다. 모두 맛나게 먹고 있는데 한 어르신이 한마디 한다.

"떡은 반포 떡집이 맛있어."

남이 준 떡을 먹으면서 다른 집 떡이 맛있다는 이야기는 왜 꺼내는 걸까. 무슨 뜻인가? 자신은 서초구에 살던 사람이라는 의미다. 옆에서 듣던 다른 회원이 센스 있게 말했다.

"다음에 언니가 그 집에서 떡 좀 주문해 오시면 좋겠네요. 우리도 맛 좀 보게."

이 말에 그 어르신은 어떻게 반응했을까.

"거긴 흑임자 떡이 맛있는데, 이에 끼어서 다들 싫어할 거야."

이날 이후 어르신은 떡 이야기를 하지 않았다고 한다.

누군가는 과거의 영화에 머물러 있고, 누군가는 과거의 상처에 갇혀 지낸다. 그러다 70대, 80대가 된다.

과거에 머물러 있는 사람의 특성은 현재가 없다는 것이다. 현재를 인정하고 싶지 않을 정도로 행복감이 없다는 뜻일 것이다. 현재에 감사하지도, 현재 만나는 사람에게 관심도 없다. 자신의 과거에 머물러 그때의 감정으로 가득 차 있으니 마음 안에 타인을 둘 수 없는 것이다. 그런 사람은 대부분 현재의 친구가 없다. 어차피 인생은 혼자이기에 고독을 즐길 수 있다면 좋겠지만 이러한 사람은 대부분 고독이 무섭고, 누군가에게 자신의 이야기를 쏟아내야 직성이 풀린다. 함께할 친구가 필요하지만 정작 친구를 자신의 맘에 담고 교류

하는 사람은 드물다. 자신의 과거를 담기에도 마음의 그릇이 작기 때문이다.

나 또한 인생의 절반을 살았으니 과거에 대해 할 말이 많다. 강의하면서 나도 모르게 과거 이야기를 할 때가 있다. 그러다 듣는 수강생의 입꼬리가 비틀리는 모습을 목격하면 얼른 정신을 차린다. 아, 지금 내가 자기 자랑을 하고 있구나, 하고 알아차릴 수 있다. 또한 수강생이 휴대폰을 보거나 눈에 초점이 사라지는 걸 보면 내가 하는 말에 공감하지 않는다는 걸 알 수 있다. 내가 살아온 과거에 빗대어 현재를 해석하고 말하다 보니 간혹 실수할 때가 있다.

내가 일흔 살이 되었을 때, 다른 사람을 만나면 무슨 이야기를 나눌 수 있을까? 가늠해 본다.

그때의 과거가 될 오늘, 나는 어떤 일화와 감정을 남길까 생각한다. 그럴 때, 현재에 나를 앉혀놓을 수 있다. 과거의 흔적이 아니라, 미래의 과거가 될 오늘 어떤 흔적을 남길까에 대한 생각을 하면 과거에 대한 회한이나 슬픔에서 벗어나는 경험을 한다.

결국 현재의 시간과 사람과 감정을 붙잡아야 품위 있는 노인으로 성장할 수 있다. 노인을 저물어간다거나 퇴화한다는 육체적 의미로 한정 짓지 말았으면 한다.

우리는 노인으로 성장할 수 있다. 나는 젊은이가 말을 걸고 싶은 노인이 되고 싶다. '유쾌하고 지혜로운 사람'이고 싶다. 과거에 머문 이야기 말고 현재와 미래를 나눌 수 있는 사람 말이다. 그렇게 되기 위해 나는 현재에 나를 데려다 놓고, 마음도 육체도 공부도 관계도 잘 다듬어가려고 한다.

무용을 전공했던 어르신은 옷 가게에서 내게 무용과 친구들에 대해 이야기한 후, 한참 옷을 고르다가 그냥 돌아섰다. 몸에 맞는 옷이 없는 모양이다. 쇼윈도를 뒤로하고 걷는 그녀는 자신의 몸을 가누기 어려운 듯 위태롭게 걸었다.

아프니까 자유다

"자신을 통제하지 못하는 사람은 대신 통제해 줄 누군가를 빨리 찾아야 한다는 것은 엄연한 진실이다. 규율은 가장 소중한 자유의 형태를 가능하게 한다."

니체의 말이다. 자유의 형태가 규율이라니, 언뜻 이해할 수 없었다. 그러나 병을 진단받고 나자 그제야 자신에 대한 통제를 생각하게 되었다.

나는 본능적인 감정과 감성에 충실하며 살았다. 술은 낮술이 최고라 여겼고, 동료와 어울려 거나하게 취하면 세상이 아름다워 보였으며 사람에게 너그럽고 기분이 좋아졌다. 그때의 감성으로는 인류애가 충만하고, 세상을 바꿀 의지도 굳건하다. 한때는 헤비 스모커였다. 금연하는 사람이 있으면 서운한 마음이 들 정도였다. 악의 구렁텅이에서 동지애를 느끼고 싶었나 보다. 그동안 나의 자유는 통제권을 최대한 벗어나려는 몸부림이었고 그것을 해방이고 자유라고 여겼다. 더 자유롭기 위해 몸을 더 망가뜨리는 삶을 살았다.

그러다 건강검진에서 몸 이곳저곳이 병들어 있음을 발견했다. 중증 환자 산정특례 대상자라는 문자를 받고 나니 더 이상 내 몸이 자유로울 수 없음을 직감했다. 정신적 자유를 향유했을지언정 육신의 자유는 한동안 담보 잡힌 셈이다. 건강과 관련해서 육신의 병을 내가 통제할 수 없다면, 결국 나는 육신의 자유를 위해 통제와 규율을 받아들여야 했다.

조금 불안하고 성가시지만, 그래도 목숨을 좌지우지하는 병이 아니어서 다행이라고 스스로 다독였지만, 불안감은 피할 수 없었다. 종합병원 의사와 직원의 기계적인 태도에 화가 치밀어 오르기도 했다. 나는 아프고 불안한데 병원은 위로와 치료는커녕 반복적으로 검사만 했다. CT 촬영과 위내시경, 혈액검사를 정기적으로 하고 결과를 보는 게 전부였다. 식단과 생활 관리를 어떻게 해야 할지에 대해서도 아무런 정보를 주지 않아, 내가 스스로 정보를 찾아야 했다. 비싼 돈 들여 검사하고 결과만 보는 진료가 무슨 의미가 있나 하는 생각이 들었다. 마치 병이 발견될 때까지 기다리는 것 같았다.

의사는 눈을 마주치지 않고 모니터만 보고 말한다. 나의 건강은 내게만 특별하지, 의사에겐 아무것도 아닌 것이다. 그래도 결과가 좋으면 마치 의사가 치료해서 좋아진 것처럼 감사의 마음이 생겨 넙죽 절하며 진료실 문을 나선다.

그동안 나는 빈민운동을 하면서 경제적 빈곤과 육체의 허약함을 겪는 이들을 봐왔고, 그들을 위로하고 지원하기 위해 노력했다. 그런데 정작 내가 아프고 나니 그들에게 보낸 '위로'가 부끄러웠다. 나는 그동안 그들의 고통에 공감하지 못하면서 기계적으로 말하고 지원했던 것이다. 마치 병원의 의사처럼.

나의 생활태도를 다시 점검했다. 내 삶의 목적을 떠올려 보기도 했다. 살아 있는 동안 나는 어떤 삶을 살아야 할까. 그리고 엄마의 병환으로 내가 고통받았으면서, 다시 딸에게 그 고통을 되물림하는 건 아닐까 하는 두려움도 생겼다. 내가 건강한 육체를 유지할 수 없다면 삶의 가치를 실현할 힘이 없을 거라는 데 생각이 미치자 몸에 전율이 일었다. '병'은 그냥 나를 아프게 한 것이 아니라 중년의 길목에서 더 자유로운 삶을 위한 경고등이었다. 그제야 비로소 나를 통제하기로 했다.

먼저 하루아침에 술과 담배를 끊었다. 물론 3년이 지나고 나서는 한 달에 두 번쯤 막걸리 한잔 정도는 마시기도 한다. 또 지속적으로 운동을 한다. 대식가였지만 이제는 음식의 양을 줄이고 안 먹던 사과와 당근을 먹는다. 건강을 챙기는 동료에게 "백 살까지 사시려고?" 하며 비아냥대던 내가 변했다. 처음엔 다소 답답했지만, 아쉬울 건 없었다. 그동안 즐길 만큼 즐겼으니 '바른 생활'을 한다고 해서 서운하지도 않다. 병이 생기니 무리하지 않고, 아픈 이들을 이해하게 되고, 다소 느려졌으며 다소곳해지니 비로소 내가 나를 만나는 시간을 가지게 되었다.

그동안 몸 이곳저곳이 고장 나고 염증이 생겼다. 그래서 지금은 내 식습관과 생활 태도를 중간 정산하는 시간을 보내고 있다. 적자투성이 몸에 투자하여 수익률을 높이는 방식으로 생활을 전환했다. 항상 지출의 마지막 순번이었던 운동에 드는 비용과 시간을 우선순위에 놓았다. 여행이나 음주를 즐기는 시간은 1/10로 줄였다. 나를 되도록 고요한 상태로 놓아두고, 매일 기도와 명상 시간을 갖는다. 그렇게 하자 마음은 편안해지고 몸도 조금씩 회복하고 있다.

병을 만나고 나서 나는 비로소 나를 만났다. 죽을지도 모른다는 두려움이 스스로의 상태를 자각하게 했다. 그리고 시간을 어떻게 보내야 할지 명확해졌다. 진즉 알았더라면 좋았겠지만, 이제라도 알게 되었으니 얼마나 고마운 일인가. 병 덕분에 고마운 시간을 보내고 있다.

그렇게 육감으로 즐기던 것을 절제하고, 반복적이고 건강한 규율 안에서 살다 보니 홀로 있는 시간이 많아졌으며, 고독한 시간이 많아질수록 삶의 무게가 가벼워졌다. 이것이 곧 '자유'다. 니체의 말을 50이 되어서야 이해하게 되었다.

두려움과의 이별

"타고났네요. 타고났어."

"어떻게 하면 많은 사람 앞에서 떨지 않을 수 있지요?"

어떤 이는 내게 태어날 때부터 강사인 것 같다고 칭찬한다. 하지만 아직도 강단에 서면 손바닥에 땀이 찬다.

사실 나는 낯가림이 심하다. 어려서부터 남들 앞에서 말하는 게 두려웠다. 아직도 초등학교 1학년 때, 한마디를 떼지 못해 한동안 멍하니 서 있던 기억을 잊지 못한다.

그런 내가 강의를 하게 된 계기는 2003년 한국주민운동교육원(이하 코넷)에서 교육훈련가 교육을 받으면서부터다. 코넷에서는 지역 사회에서 빈민, 교육, 주거 운동을 하는 활동가를 대상으로 조직가와 지도자를 교육, 훈련할 트레이너 양성과정을 운영한다.

당시 나는 훈련생 자격 기준에 미치지 못했지만 운 좋게 참여하게 되었다. 그러나 얼마 지나지 않아 포기할 지경에 이르렀다. 아이가 어려서 엄마 손이 필요한 때이기도 했고, 친정 엄마의 수술로 병원에 수시로 드나들어야 했다. 심신이 지쳐 있어서인지 공부에 집중할 수 없었다. 무엇보다 여러 사람 앞에서 말하는 게 두려웠다. 그렇지만 동료의 설득으로 겨우 공부를 끝까지 마쳤다.

드디어 선배들 앞에서 강의 시연을 하는 시간이 다가왔다. 쟁쟁한 사람들 앞에서 강의하는 것이 너무 두려운 나머지, 나는 시작 전에 막걸리 한 병과 소주 반 병을 마셨다. 알딸딸한 기분으로 강의를 했는데, 긴장한 탓에 내용이 기억나지 않았다. 그 긴장을 짐작했던지 선배와 동료는 내가 멈칫하고 말을 잇지 못하면 지지의 박수를 보냈다. 그날의 경험으로 나는 이 일은 나와 맞지 않는다고 여겼다.

그러다 다가온 추운 겨울, 명동에서 국민기초생활보장법 제도 개선을 위한 집회가 열렸다. 주최 측에서는 나를 발언자로 지목했다. 떨렸지만 피할 길 없어 무대 중앙으로 나섰다. 그런데 마이크를 켜자마자 눈앞이 뿌옇게 흐려지는 게 아닌가. 한마디도 할 수 없었다. 정적이 계속되자 사람들은 박수를 쳤고, 정신을 차렸지만 나는 아무 말도 이어갈 수 없었다. 결국 죄송하다고 인사하고 단상을 내려왔다. 기자 생활했을 때는 또 어떤가. 포스트잇에 할 말을 미리 적어서 읽었던 기억이 있다. 나는 그런 사람이다.

그러다 시민운동 단체를 그만두고 맥도널드에서 아르바이트를 하며 지내던 중 코넷에서 상근자 제안을 받았다. 생계가 어려웠던지라 냉큼 수락했지만, 주 업무가 교육이라 난감했다. 기관에 들어

오는 교육 의뢰를 소화해야 했고 기관 운영비와 월급을 벌려면 가리지 않고 교육을 해야 했다.

처음에는 한 시간짜리 교육인데 할 말을 다 해도 30분이면 끝났다. 교육생이 알아듣거나 말거나 일방적으로 할 말만 하고 끝내기도 했다. 당시에는 종이에 진행순서와 코멘트를 모두 적어놓고 외웠다. 매일매일 그렇게 정신없이 마이크의 공포 속에서 보냈다. 여유 있게 수강생과 호흡하며 강의를 진행하는 선배가 부러웠다.

"선배는 안 떨려요?"

함께 교육하는 동료에게 몇 번이고 물었지만 그는 전혀 떨리지 않는다고 했다.

'타고났네, 타고났어.'

정말이지 부러웠다.

그렇게 실력이 없었으니 그만둬야 했지만, 먹고 살아야겠다는 의지로 모든 교육의 진행표를 하나하나 만들었다. 그렇게 두 해를 보내고 나니 진행표 없이도 흐름을 어느 정도 시뮬레이션할 수 있게 되었고, 낯선 교육생과 만나는 일도 조금 자연스러워졌다. 그리고 5년이 흐르고 나니 떨림이 덜했다. 지금도 약간의 긴장이 있지만 설렘과 함께 오는 것이니 오히려 긍정적인 효과가 있다. 10년이 흐르니 수강생의 감정과 교류할 수 있어 진행의 완급도 조절할 수 있게 되었다. 17년이 지나니 이제는 교육이 나의 천직 아닐까, 하는 생각이 들 정도로 교재를 만들고 진행하는 일이 좋아졌다.

만약 트레이너 교육을 그만두려고 했을 때 계속하라는 동료의 권유를 뿌리쳤다면 어땠을까. 상근자 제의를 받고 일하다가 도저히 못 하겠다고 그만뒀다면 어땠을까. 두려워서 도망쳤다면 어땠을까. 두렵고 불안했던 그 시간을 건널 수 없었다면 역량을 갖추기 어려웠을 것이다. "타고나셨나 봐요"라는 말도 들을 수 없었을 것이다. 나는 이제 실력 좋은 사람에게 타고났다는 말을 아끼기로 했다. 그가 실력을 쌓기 위해 얼마나 노력했을지 가늠할 수 없기 때문이다.

살다 보면 몇 번의 기회가 찾아온다. 그 기회를 잡더라도 예상보다 어렵거나 즐겁지 않으면 그만두는 경우가 있고, 나름 성실하게 기회를 현실로 만들기 위해 애쓴다 해도 문득 찾아오는 회의감으로 무기력해지기도 한다. 이는 자신을 더 확장하는 데 방해가 되는 감정이다.

변화에 두려움이 생기는 건 어쩔 수 없다. 그러나 이럴 때 우리는 어떻게 해야 할까? 낯선 두려움을 선택해야 할까, 아니면 익숙한 안정감을 선택해야 할까.

나는 낯선 두려움을 선택하기를 권하고 싶다. 매일 익숙한 삶을 산다는 건 어떻게 보면 안정되고 평화로운 삶으로 보이지만, 이는 은퇴 뒤로 잠깐 미뤄놔도 되지 않을까. 현재의 나보다 좀 더 나은 나로 확장하기 위해 필요한 것이 있다면 나의 에너지는 두려움 속에서 더욱 빛이 날 것이다.

두려움은 단순한 무서움이 아니다. 불안하고 두렵지만, 호기심과 재미도 동전의 양면처럼 붙어 있다. 마치 자전거를 처음 탈 때와 비숫하다. 누군가 뒤에서 밀어주다가 손을 놓는 순간, 불안하지만 나도 모르게 혼자 운전하는 것을 느낄 때의 희열 말이다. 자기를 확장하는 순간에 느끼는 불안과 두려움, 재미와 성취감은 우리가 이미 자전거를 타면서 깨닫고 익혔던 것이다.

한편 호기심으로 시작해서 무력감으로 끝낸 일들도 많다. 재미와 성취감을 기대했지만 그 과정에서 일어나는 무력감과 지루함을 견디지 못했던 일들. 나보다 앞서간 사람을 시기하고 질투하는 마음도 나를 확장하는 데 방해가 되는 요소다. 하지만 지금 나만의 우주에서 계속 놀기보다는 더 확장된 세상을 만난다면 나아가 영적인 오르가슴까지 느낄 수 있다. 바로 나를 한 차원 더 높이는 상승효과이다.

아, 그렇다면 지금 교육할 때마다 나도 오르가슴을 느끼느냐고? 매번 느끼면 심장병에 걸리지 않겠는가? 비유는 비유로 받아들여 주시기 바란다. 다만 차원을 뛰어넘는 그런 상승의 경험을 하고 나면, 어떤 호기심이 들 때 어느 정도의 근기가 필요하며 얼마나 긴 시간을 회의감과 싸워야 하는지 예상할 수 있다. 그리하여 섣부른 선택과 실망이 아니라 나의 차원을 상승시켜 주는 일인지 아닌지를 직감하고, 현명한 선택을 할 수 있다.

지금의 나보다 확장된 나는 누구인가. 스스로 질문하고 선택하여 두려움과 함께 긴 시간을 보낸다면 알 수 있다. 조금만 더 견뎌보자.

나는 사람 복을 타고났다

나는 타고난 식복이 있다. 친구와 점심식사를 하고 나서 계산을 하려 하니 친구가 벌써 계산했다고 한다.

"넌 식복이 짱이야."

친구는 마침 그날 세금 환급금을 받았는데, 내가 연락했다고 한다. 또 매월 한 차례 교육하는 어느 기관에서는 내가 오는 날에 제과점에서 빵을 기부했다고 한다.

뿐인가, 사무실엔 늘 먹거리 간식거리가 넘친다. 오는 사람들이 저마다 먹거리를 가져온다. 정말이지 나는 식복을 타고났다.

이렇듯 누구나 복 하나씩은 갖고 태어났을 것이다. 부모 복, 돈 복, 자식 복, 먹을 복, 사람 복, 자식 복, 친구 복 등등.

믿음과 소망과 사랑 중에 사랑이 제일이라면, 사람이 가진 복 중에 제일은 무엇일까. 난 인복을 꼽는다. 식복도 사람 없이는 불가능하기 때문이다. 돈복 또한 마찬가지다. 사람으로 인해 돈은 만들 수 있어도, 돈으로 진실한 사람을 사기는 어려우니 사람 복이 더 우선이다.

직장인들과 대화하다 보면 실력에 비해 인복이 많아 출세하는 사람에 대한 이야기를 많이 듣게 된다. 상담하러 오는 내담자는 대부분 그런 사람에 대해 부러움을 담아 말한다. 그런 사람은 술자리에서 실수해도 주변 사람이 뒤처리를 해주고, 일을 잘하지 못해도 동료들이 도와준다고 하니, 인복이 두둑한 건 맞는 말 같다.

반면 양세찬 씨는 주변에 도와달라는 사람투성이라며 불만을 토로한다. 나이 차가 많이 나는 선배 동료조차 일을 도와달라고 하거나, 친척과 가족들도 어려울 때 그에게 전화하여 도와달라고 한다는 것이다. 자신을 돕는 사람보다 도와달라는 사람이 많으니, 인복이 없는 게 분명하다며 한숨 짓는다.

인복은 그야말로 사람으로 인해 도움을 받는 복이다. 귀인의 도움으로 취직을 하게 되거나 돈을 버는 경우가 있고, 위험에서 벗어나는 일도 있다. 그래서 인생은 자신의 열정이나 능력만으로는 성공할 수 없다.

MBC 라디오 프로그램 중 '색다른 상담소'라는 코너에서는 한 분야에서 뛰어난 전문가를 인터뷰했다. 매주 한 명씩 초대하여 인터뷰했는데 그분들에겐 공통점이 있었다. 누군가를 만나서 기회를 얻었다는 것이다. 기회를 잡았다는 표현이 조금 더 맞을 것이다. 그런데 방송을 들으며 같은 분야에 그만큼 노력하는 사람은 많은데, 왜

하필 그 사람이 성공했을까 하는 의문이 들었다. 그런데 그 사람들은 마침 어떤 귀인을 만났고, 그 귀인으로 인해 기회가 생겼고, 그 기회를 놓치지 않은 점이 비슷했다. 결국 인복이 많아서 성공에 가까워졌던 셈이다.

그만큼 인복이 많다는 건 인생에 있어 아주 중요한 변수다. 하지만 인복이 없다고 하는 사람의 입장에서 한번 보자.

열심히 노력하고, 실력이 있는 사람 가운데 이상하리만치 인복이 없는 경우가 많다. 누구보다 노력했고, 그래서 누구나 성공하리라 예상하지만, 실력만큼 확장되지 않는 안타까운 경우가 있다. 그러나 그런 경우, 그 자신이 '인복' 자체인 경우가 많다.

그의 소개로 누군가 취직하거나, 그가 도와서 타인이 성공하거나, 그 사람의 아이디어가 다른 사람에게 좋은 자극이 되어 돈을 벌게 되거나, 다른 사람이 힘들고 지칠 때, 그의 도움으로 좌절의 시간을 뛰어넘어 일상을 회복하는 것이다. 양세찬 씨는 아무것도 되지 못했지만 다른 사람을 돕는다. 다른 사람이 잘될 수 있도록 언제나 디딤돌 역할을 해왔다.

결국 인복이 있다면 다른 사람의 도움으로 내가 잘되는 것이고, 인복이 없다고 해도 내가 다른 사람의 인복이 되기도 하므로, 인복이 있는 사람과 없는 사람은 종이 한 장 차이다. 다른 사람의 도움을 받으면 인복이 있지만 그만큼 상대에게 빚지는 셈이고, 내가 인복이 되어준다면 신이 나의 공덕을 알아줄 테니 길게 보면 오히려 이득일 수 있다. 다른 사람의 도움을 받으며 살아갈 것인가, 아니면 내가 다른 사람의 인복이 되는 삶을 살 것인가. 어려서는 인복을 갖는 삶이 좋아 보이지만, 인생의 경험이 쌓이게 되면 이제는 다른 사람의 인복이 되는 사람으로 사는 것이 진정한 승자가 아닐까.

자신이 가진 자원을 가족만을 위해서 산다면 누군가의 인복이 될 수 없다. 나는 가족 이외의 어떤 사람에게 어떤 인복으로 살아갈 수 있을지 매일 생각한다. 일단, 사회적 관계 안에서 서로의 필요를 파악하고 있어야 할 테고, 그 필요를 어디에 연결할 수 있을지 생각에 담아두고 있어야 섬광처럼 아이디어가 떠오른다. 누구는 돌봄을 잘하고, 누구는 언어를 잘하고, 누구는 손재주가 있고, 누구는 가르치는 역량이 있다는 걸 알고, 그 일이 필요한 곳에 연결해 주는 일. 힘들고 고통스러운 시간을 보내는 누군가에게 전화 한 통 할 수 있는 사람, 밥을 사고 어깨를 토닥여 줄 수 있는 사람. 누군가에게 그런 '인복'이 되어 남은 생을 살고 싶다. 기회가 없어서 전전긍긍하며 살았던 청년 시절을 보낸 사람이라면 누군가의 도움이 얼마나 큰 힘이 되는지 알 것이다.

그런 삶을 살기 위해서는 무엇부터 해야 할까? 스스로 인복이 되기 위한 조건을 갖춰야 할 것이다. 도와줄 준비가 되어 있는데 아무도 나를 찾지 않는다고 볼멘소리만 한다면 중요한 걸 놓치고 있다는 사실을 알아야 한다. 마음만 준비하지 말고 물질도 준비해야 한다. 밥, 차, 술, 돈….

그리고 입을 열고 싶다면, 성공이 아니라 실패에서 배운 점을 나

뉘주길 바란다. 현실이 시궁창인데 다른 사람의 성공 신화를 들으며 물개박수 치는 시간은 듣는 사람에게 지옥이다. '오마카세'를 바쳐도 만나고 싶지 않은 어른이 될 것이다.

아, 나는 타고난 식복이 있다는 말을 정정해야겠다. 사실 나는 사람 복을 타고났다. 먹을 것이 어디에서 나오겠는가. 사람에게서 나오는 게 아닌가. 무엇보다 식복, 돈복, 인복을 구하기보다 이제는 다른 사람의 인복이 되는 어른으로 성장하고 싶다.

15년 만에 양보한 닭 다리

"언니 드세요."

"아냐, 그대가 먹어."

"그럼 영수 씨가 드세요."

"아닙니다. 소영 씨가 드시죠."

마지막 남은 닭다리, 계란, 만두, 고기 한 점. 여럿이 식사할 땐 그 마지막 한 점은 자리를 털고 일어설 때까지 주인공으로 남아 있다. 결코 먹기 싫거나 배불러서 남긴 게 아니다. 서로 누군가에게 배려하기 위해 남긴 것이다. 넙죽 집어먹기가 민망하니 웬만하면 손을 대지 않는 그 마지막 한 점을 나는 곧잘 먹는다. 끝나지 않는 배려의 장을 마감해야 미묘한 긴장이 사라지기 때문이다.

30대를 거쳐 50대로 이어진 모임이다 보니 서로에 대해 알 만큼 안다고 생각했다. 이 모임은 대나무 숲이다. 독서토론 후 뒤풀이에서 가정사며 연애사 등 시시콜콜한 이야기를 나누기 때문이다. 뒤풀이 식사를 마칠 즈음이면, 역시나 항상 맛있는 부위나 마지막 한 점을 양보하는 친구가 있다. 나는 내가 먹고 싶을 때는 먹고, 배가 부르면 거절한다. 그 친구는 마지막 한 점은 물론, 맛있는 부위가 있으면 주위에 권한다. 그러면 우리는 서로가 서로에게 양보하다가 결국 마지못해 한 명이 먹는다. 그 한 명이 나다.

15년째 모임을 이어오던 어느 날, 우리는 안주로 찜닭을 주문했다. 식사 겸 와인 안주 삼아 주문한 찜닭은 맛이 있었지만 양이 적었다. 짧은 시간에 바닥이 드러났고 약간의 국물과 닭 다리가 남았다. 나는 제일 좋아하는 닭봉을 먼저 집어먹고 양심을 지키느라 퍽퍽한 가슴살을 몇 점 먹었다. 그 자리에 있는 모두가 찜닭을 충분히 먹지 못한 걸로 보였다. 다른 사이드 메뉴를 함께 먹었지만 메인 메뉴가 맛있던 터라 마지막 남은 닭 다리가 더욱 맛나 보였다. 한 친구는 항상 그래왔듯 옆에 있는 사람에게 권했고, 그분은 다시 내게 넘겼다. 평소처럼 '그렇다면 내가 먹지 뭐' 하는 생각으로 젓가락을 대는 순간 섬광처럼 '그녀가 먹고 싶다는 생각은 안 해봤어?'라는 생각이 스쳤다.

그동안 나는 마치 엄마에게 양보받은 아이처럼 냉큼 마지막 한 점을 먹어왔던 것이다. 친구는 네 자매 중 첫째 딸인데, 양보가 익숙하다고 했다. 독서 모임의 막내면서도 늘 먼저 챙겨주는 역할을 해 온 것이다.

나는 젓가락으로 닭 다리를 집어 올려 그녀의 앞접시에 놓아주었다. 무려 15년 만의 일이다.

왜 그동안 나는 생각하지 못했을까. 그녀 또한 챙김을 받고 싶었을 거라는 사실을. 짜장면이 먹기 싫다는 엄마의 속내를 알아차린 아이처럼 나는 부끄럽고 미안했다. 그깟 닭 다리가 뭐라고….

습관처럼 배려를 받는 사람은 아직 자라지 않은 어린아이 같다. 자신의 욕구와 결핍에 집중하다 보니 배려받는 줄도 모를 뿐 아니라 상대방의 욕구를 알아줄 수도 없다. 그 긴 시간을 매월 한두 번씩 보면서도 상대방의 마음을 제대로 알아차리지 못한 채 지냈으니 얼마나 어리석은가.

앞으로 함께 식사하는 자리에서는 과감하게, 그녀뿐 아니라 먹고 싶어도 양보하는 이에게 맛있는 마지막 한 점을 양보해야겠다. 배불러서 미루는 것 말고, 먹고 싶지만 참으면서 말이다.

그날의 닭 다리는 내게 배려를 가르쳐 준 경전이었다.

사나운 집착

『사나운 애착』(비비언 고닉, 노지양 옮김, 글항아리, 2021)이라는 책은 저자 비비언 고닉의 자전적 에세이다. 여성이자, 유대인이자, 도시 하층민인 고닉의 자아 형성에 영향을 미친 사람들과의 관계에서 벌어지는 에피소드를 기록한 책이다. 특히 어머니에 대한 이야기가 인상적이다. 고닉의 어머니는 한국 사회의 보편적인 어머니상과 비슷하다. 교육을 받지 못한 어머니는 가부장제에 헌신하며 자기 삶을 내어놓은 채 살아간다. 특유의 위트와 지혜가 있으며 누구보다 강인한 삶을 영위하지만, 때로는 버겁고 날카롭고 까칠한 노인이다. 물론 작가인 고닉의 표현이다. 고닉과 어머니는 중년과 노년의 나이에 담소를 나누며 산책하는 정겨운 모녀 관계이기도 하지만 무섭게 싸우고 언쟁하며 지내는 애증 관계이기도 하다. 모녀간의 애증이 있는 그대로 표현된 책을 읽다 보면 두 사람을 지배하는 감정이 '애착'임을 알 수 있다. 그것도 사나운….

관계만 그러한가. 우리는 일에도 사나운 애착을 느낀다. 열심히 사는 사람일수록 성공에 대한 '착'이 크기 때문이다. 자기 집도 있고 가족도 건강한데, 실직했다고 해서 가족을 살해하고 자살했다는 뉴스를 접한 적이 있을 것이다. 그런 집착은 다른 출구를 보지 못하게 생각의 문을 굳게 닫아놓는다.

애착은 사전적 의미로는 '어떤 대상에 몹시 끌리거나 정이 들어서 그 대상을 지극히 아끼고 사랑'하는 마음이다. 아끼고 사랑하는 마음이 본인의 것이라면, 그 마음에 대한 상대방의 반응은 염두에 두지 않는 상태라고 보면 된다. 그래서 '착'은 사랑 그 자체의 이미지보다 스토킹이나 집착의 의미로 사용될 때가 많다. 우리는 각자 어떤 착을 가지고 있을까? 자신의 의지로 뭐든 이룰 수 있다는 낙관도 착일 때가 있다.

착이 있다는 건 그만큼 집착하는 마음이 견고한 것이다. 그래서 결과가 좋지 못할 경우 낙담하여 재기하기 어렵다. 착은 욕망을 찾는 영이다. 그래서 채워도 허전하고 부족하다고 여긴다. 사랑에 대한 착이 강한 사람은 사랑을 받아도 허전하다. 사랑을 의심하고 경계하고 이별을 받아들이지 못해서 상대방을 가해하는 일이 벌어진다.

사랑의 착, 물건의 착, 공부의 착, 성공의 착, 이 모든 것이 나를 풍요롭게 이끌어 가는 안내자의 모습으로 둔갑하여 삶을 괴롭힌다.

나는 3개월간 나의 착과 싸우며 매일 북악산에 올랐다. 아카시아 철이면 한양도성 근처에 아카시아 꽃잎과 송홧가루가 버무려져 이곳저곳에 흩어져 있었다. 마치 한양도성에서 나라를 위해 도성을 지키던 군사와 도성을 오가던 민중의 유골 같았다.

우리 모두 언젠간 우주 어느 공간에 흩어져 비물질 형태로 살아갈 존재인데, 생에 어떤 애착을 가진들 영원하겠는가. 성공하고 싶고, 행복하고 싶은 마음으로 출발한 '착'은 결과에 대한 수용이 부족할 경우 삶을 피폐하게 만들 수 있다. 열심히 살되 결과는 신의 뜻에 맡기고 편하게 잠들 수 있다면 그보다 자유로울 수 없을 것이다.

밥값 950원

나에게 신은 오로지 '정의'였다. 그 정의를 정의하는 건 내 자신의 생각과 판단이었으니 신이 곧 나일 수밖에 없었다. 부정의한 세력을 몰아내고 싶어 집회에 참여했고, 스스로 가치 있는 일을 했다고 자부하며 시간을 보냈다. 자본의 힘에 저항하는 것, 소외되고 가난한 자의 편에 서서 싸우는 것이 나의 사명이자 삶의 목적이었다. 집을 갖는 것은 부동산 투기에 굴복하는 것이니, 청약저축에 가입하고도 아파트 분양 신청을 한 적이 없다. 로또를 사지 않았고, 주식이나 코인 투자도 해본 적이 없다.

그저 생계를 유지하기 위해 일을 멈추지 않았다. 시민사회단체 활동가로 적은 활동비를 아껴가며 살았고, 2년마다 전셋값을 올려주거나 이사하면서 고단한 날을 보냈다. 주거가 불안정하고 벌이가 시원찮아서 생기는 불편함을 나보다 더 힘겹게 살아가는 이들을 보면서 달랬다. 그러면 안 된다고 생각했지만 어쩔 수 없었다.

정의 실현을 위한 활동은 적성에 맞았다. 그러나 빛이 있으면 그림자가 있는 법. 그림자가 나의 현실이었다. 다섯 살 딸과 가을 소풍 겸 집 근처 도서관에 놀러 갔다. 딸에게 간식을 사주려고 주머니를 뒤져보니 잔돈 950원밖에 없었다. 콩나물 도시락을 살 수 있는 돈이었다. 그것도 달랑 1개. 나와 딸은 햇볕이 따뜻한 벤치에 자리 잡고 도시락을 열었다. 밥과 콩나물 데친 것, 간장이 전부였다. 딸에게 미안했다. 하지만 딸은 그 밥이 진심으로 맛있었는지 해바라기처럼 웃으며 "엄마, 고맙습니다" 하고 큰 소리로 인사하는 게 아닌가. 난 그날 그 벤치에서 먹던 콩나물 도시락을 잊을 수 없다. 그때, 나의 가난한 현실을 마주했다.

사회단체 활동을 하는 동안 충만했던 감정이 집에 돌아오면 몹시 피곤하고 불만이 생겼다. 가족에게 짜증을 냈고, 집에 있는 시간이 길어지면 답답했다. 내 안에서, 혹은 나라는 우주 안에서 심각한 문제가 생긴 게 아닐까 생각했다. 내 안이 텅 비어 무엇으로도 채울 수 없는 상태였다. 친밀한 친구를 만나도 대화에 집중할 수 없었고, 음악으로도 춤으로도 대신할 수 없는 허전함이 커졌다.

빛이 강할수록 어둠이 짙다고 했던가. 내가 좇던 빛은 더 짙은 어둠을 만들고, 그것이 나의 현실이었다. 가진 것에 감사할 수 없었고 가족에게 살갑게 대하지 못했다. 부동산에서 집을 알아볼 때 한없이 작아지는 마음과, 정부의 각종 지원제도를 알아보는 참담함은 종종 분노의 심지가 되었다. 술을 마시며 사회구조의 모순을 되짚고, 분노하고 더 강하게 싸울 것을 다짐하는 시간에도 내 마음과 영혼은 조금씩 지쳐갔다. 가족과 함께 현실을 알뜰하게 살아가는 보통의 사람이 미워지고, 함께 가난한 줄 알았던 동료가 알고 보니 부자더라는 이야기에 몹시 배반감을 느꼈다.

내가 결혼할 당시 시부모님은 4층짜리 건물주였다. 활동가 부부지만 든든한 부모를 뒀으니 집 걱정을 할 일은 없다고 생각했다. 나도 그렇고 동료도 그런 생각을 했을 것이다. 나는 한 선배의 독한 눈빛을 잊을 수 없다. 그는 돈이 없다고 푸념하는 내게 말했다.

"넌 건물주 며느리잖아."

당시 나는 그 동료를 속 좁은 사람으로 치부하고 무시했다. 그러나 20여 년이 흐른 후 나는 이혼했고, 건물주 시부모님은 남이 되었다. 친정 부모님 또한 돈 한 푼 남기지 않고 사망했다. 그리고 영혼이 지쳐가면서 내 눈빛은 그 동료의 독한 눈빛을 닮아가고 있었다.

그리하여 나는 지친 영혼을 끌고 허전함의 정체를 '신'에게 묻기로 했다. 종교 활동을 시작했다. 처음엔 세례받은 성당 주일미사에 참석했으나 감흥이 없었다. 그러다 신부님과 마찰이 생겨 그만뒀다. 그리고 교회에 등록했다. 이번에는 비슷한 일을 하는 교우가 있어서 적응하기 좋았다. 그러나 또 다른 공동체의 일원으로 모임이 하나 늘어난 기분이었다. 내게 종교는 모임 이상도 이하도 아니었다.

교회공동체 구성원 중에는 공익 활동하는 분이 많았고, 목사님의 강론은 활동가의 마음에 보석처럼 박혔다. 주중에는 활동가로서 정의로운 삶(?)을 살고, 주말에도 강론으로 정의 샤워를 하고 나니 영적인 허기는 그대로 남은 채로 열정 모터를 24시간 쉬지 않고 돌리는 기분이었다. 그렇다 보니 주일 아침이면 교회로 가는 발걸음이 무거웠다. 쉬고 싶은 마음이 가득해 한두 번 결석하다가 아예 그만두고 말았다.

그렇다면 이제 남은 곳은 어디일까? 맞다. 절이다.

집 근처 조계종 포교원 문 앞을 서성이다가 인연이 닿지 않아 문을 열고 들어가지 못했다. 신에게 의지하고 싶은 나약한 마음을 알아채지 못하고, 그저 나의 얕은 계산으로 신을 판단해 왔다는 걸 알았을 땐, 나이 50이 가까워졌을 무렵이었다.

사회운동을 했다고 해서 대중에게 알려질 정도로 강력한 힘을 갖지도 못했고, 정의를 좇아 살았다고 해서 진정 정의로움을 확산시키는 역할도 하지 못했고, 생계형 돈벌이를 멈추지 않았지만 번듯한 주거지를 소유하지도 못한 채 살아온 지금, 아무것도 되지 않았고 아무것도 가지지 못한 상태에 놓인 나는 이후의 삶을 어떻게 살아가야 하는 걸까. 마음이 복잡했다. 어디부터 잘못된 것일까.

불경에서 그 답을 구할 수 있었다. 바로 정함, 분별이 내 삶을 반쪽짜리로 만든 것이었다. 세상을 옳고 그름으로 구분 짓고 무엇이 옳고 그른가, 내가 옳다고 판단한 삶은 과연 내게 옳은 것인가, 세상에 옳은 것인가? 나의 옳음을 남에게 강요하며 살아온 것은 아닌가. 그 옳음에 배반한 사람에 대해 함부로 비난하지 않았는가. 그 비난의 이면엔 내가 성취할 수 없었던 사람들의 성취에 대한 질투와 시샘이 있지 않았을까?

2016년 어느 날, 집회를 마치고 전철에 올라 시 한 편을 썼다. 광장에서 정의를 부르짖는 건 오히려 쉬운 일이 아닌가? 나머지 시간을 살아내면서 옳음의 틀에 나를 가둬놓고 마음에서 일어나는 생활인으로서의 절망과 패배감을 어떻게 감당해야 할지 막막하고 서글픈 마음이 반영된 글이었다. 시 안에서도 행간의 의미가 충돌하고, 스스로 다짐하려는 문장을 보며 비틀거리는 활동가의 갈등을 읽을 수 있었다.

당시에 나는 '이 세상에서 사라져야 하는 건 아닐까?' 하는 생각이 끼어들어 겁이 났다. 그래서 그렇게 자꾸 자신을 달랬는지도 모른다.

〈똑똑치 못한 광장에서〉

흩어진 분노는 슬프다.
광장의 그 모습 그대로
그림자라도 껴안고 현관을 여는 일
똑똑치 못한 일이다.

그이도 그랬다.
윤이 나고 총명했던 낮을 보내고

돌아올 무렵
익숙하지만 더 무서운 골목길에서
더 이상 깔깔대지 않는 아이를 떠올렸을 것이고
견딜 수 없어 흩어지고 말았을 게다.
그건 똑똑치 못한 일이다.

광장은 오히려 쉽다.
선한 동지들은
각자 가져온 분노를 내어놓고
열정을 나눠 먹으며 결의를 확인하고
싫었던 그 날을 기억조차 하지 못한 채
따뜻한 눈빛으로 위로를 나눠 마시는
그 광장이 오히려 나는 쉽다.

어떤 사람은 말한다.
대신 싸워줘서 고맙다고.
시간이 흐르면 걱정하며 말한다.
살 궁리를 하라고.
그리고 또 시간이 흐르면 말한다.
그래봤자 변하지 않는다고.

광장에서 돌아서서 그 사람이

고맙다고 하면 으쓱하고
충고를 하면 대충 넘기고
변하지 않는다고 하면
설득을 놓아버리고
광장의 날을 기다린다.

기다리는 날들 동안
그때의 치열했던 폭력을 따로 담아놓고
'산 사람은 살아야지' 하는 마음으로
오늘처럼 축축한 아침에 현관을 연다.
참 무서운 일이다.

똑똑치 못하게도 여리고 감수성 풍부한 그이는 흩어져 버렸고
영악한 나는 살아서 너무도 쉽게 전철을 탄다.
누구보다 치열한 것처럼
누구보다 진보적인 것처럼
누구보다 똑똑한 것처럼
누구보다 정의로운 것처럼
그날 그 하루짜리 광장의 투쟁을 자부심으로 살아가는
나는 오히려 너무 쉽다.

그이는 이미 죽었고

그이는 광장에서 돌아오면 현관문 열기가 무섭고

그이는 소란스런 투쟁의 현장에서 벗어났으면서도 웃지를 못하고

그이는 다음 날 아침부터 만나야 할

무정한 이들을 흘겨볼 힘을 잃은 채

자꾸 무기력해진다.

그건 시쳇말로 똑똑치 못한 일이지만

그이들 덕분에 내가 아직 살아있다. 비겁을 안고 말이다.

- 2016.10.1. 광화문역 지하철 안에서 문득.

2016년, 내면의 갈등과 싸우던 40대의 이야기다. 현실을 부여잡지 못하고, 가치 실현에 온전히 몸과 마음을 담그지 못하고 어정쩡했던 지난날의 갈등은 공익활동을 하는 많은 사람이 겪는 일일 것이다. 단단하고 확신에 차 보였던 내가 사실은 이러한 갈등 안에서 살아왔다는 사실을 고백한다. 지금의 내가 그때의 내게 조언을 한다면… 이렇지 않을까?

"콩나물 도시락 950원? 다 때려치우고 당장 돈 벌러 나가!"

모든 것은 신의 뜻대로

친구와 이야기를 나누다 보면 시시콜콜한 사담으로 시작하여 정치 이야기로 넘어가고, 마지막에는 신에 대한 이야기가 나온다. 우리는 마지막 술잔을 기울이며 이야기하다가 잠이 든다. 보통은 신에 대한 이야기라기보다는 종교 이야기라고 볼 수 있다.

나는 신을 만날 수 있는 다양한 경로를 경험했다. 내가 어릴 적, 외할머니는 무속신앙을 가지고 있었다. 매일 아침 칠성신께 정화수를 떠놓고 기도하는 할머니의 등을 볼 때마다 간절함이 느껴졌다. 할머니는 동짓날이 되면 에버랜드 근처에 있는 박수무당 집으로 가서 상담을 받았다. 한 해 동안 자손의 운세는 어떠하며, 조심할 내용이 무엇인지 의논했다. 나는 박수무당이 시키는 대로 오색깃발 중 하나를 뽑았는데, 그는 내게 다양한 이야기를 해줬다. 해마다 다른 동네에서 당골 무당이 방문해서 외할머니댁에서 머물며 동네일을 보기도 했다. 앞집에 살던 H가 겨울 썰매를 타다가 얼음이 깨지며 강물에 빠져 죽었을 때, 무당이 강가에서 그의 손톱과 머리카락을 낚아 올린 걸 보고 많이 놀랐다.

중학교 1학년 때 친구의 권유로 교회에 출석했다. 침례교회였고 엉겁결에 멀리 성남시까지 가서 침례를 받았다. 목욕탕 같은 곳에서 하얀 옷을 걸치고 물에 들어갔다 나왔는데, 정신이 얼얼했다. 그런데 목사님 강론은 귀에 들어오지 않고 키 크고 잘생긴 동급생 한명이 눈에 띄었다. 그 아이를 보는 낙으로 한동안 다니다가, 일요일마다 사라지는 나를 의심한 삼촌이 내가 교회에 간다는 것을 알고야단을 쳤다. 외가댁 식구들은 교회를 싫어했으니 말이다.

어느 날은 학교 보충수업 간다고 거짓말하고 교회에 나갔는데, 모두 기도 중이었다. 역시 멋진 그 녀석의 등이 보였다. 가슴 앞에 모은 두 손에는 절실함이 묻어 있었다. 역시 그 아이의 신앙은 진심이로구나…라고 생각한 그 순간, 갑자기 그 아이가 울부짖는 게 아닌가. 알아듣지도 못할 말로 이른바 '방언'을 하며 바닥에서 펄쩍펄쩍 뛰는 모습에, 나는 무서워서 도망쳤다. 그후 이 교회는 뭔가 이상하다는 느낌에 더 이상 가지 않았고, 학교에서 그 남학생을 만나도 피해 다녔다.

이후 대학생이 된 나는 한동안 질풍노도의 시간을 보냈다. 학교 근처에 작은 암자가 있었는데, 한번은 석가탄신일을 맞아 연등을 만드는 스님 곁에 앉아 꽃잎을 붙였다. 그 순간이 왜인지 편안했고,

문득 울컥하는 마음이 들었다. 그래서 비구니가 되기로 결심했다.

며칠 후 절에 가기 위해 무작정 짐을 쌌다. 기숙사에서 같은 방을 쓰는 친구들에게 편지를 남기고는, 모두 잠든 밤에 혼자 짐 정리를 했다. 가방을 싸다 보니 이 옷은 이래서 아깝고, 저 옷은 저래서 아까우니 두고 갈 수 없어 가방에 넣었다. 화장품도 여러 개 넣었다. 그렇게 짐을 싸고 나니, 문득 '이렇게 속세의 짐을 버릴 수 없으면서 어떻게 중이 되겠나' 하는 생각에 이르렀다. 푸르스름한 새벽빛이 창문에 드리울 때쯤, 다시 짐을 풀었다. 내가 무슨 비구니가 되겠다고….

결혼을 앞두고는 성당에 다니기도 했다. 예비자 교육을 받고, 세례도 받고는 성당에 다니기로 한 것이다. 성당 특유의 웅장함과 가슴 떨리는 분위기에 압도되어 주일이면 미사를 드리며 많이 울기도 했다. 그런데 언제인가부터 활동가의 눈으로 종교 제도를 바라보니, 모순투성이였다. 여성만 머리를 가려야 하는 미사포도 불만스러웠고, 노인들이 나이 어린 신부님 앞에서 머리를 조아리는 모습도 낯설었다. 대부 대모를 세워야 하는데, 주변에 대모를 해줄 분이 없어서 대부를 세우겠다고 하니, 신부님이 불쾌감을 드러냈다. 대부 대모를 모두 세울 수 없고 한 명만 세워도 된다면 대부를 세워도 되지 않느냐고 따져 물으니, 신부님은 직업이 기자라서 그렇게 따지냐며 설명은 해주지 않고 화만 내는 것이었다. 그곳을 다니다가 나중에는 결국 신부님이 마음에 들지 않아 나가지 않았다.

그 뒤로 한동안은 종교 없이 살았다. 그리고 시민운동을 하면서 몇몇 선배의 헌신적인 모습을 보며 감동받았다. 빈민운동을 하는 선배들 중에는 신학생이 특히 많았다. 가진 것 없이도 낮은 자세로 활동하는 그들이 가진 특유의 영성이 느껴졌다. 그리하여 나도 교회에 다니면 닮을 수 있을까 싶어, 기독교 신자가 되었다. 그러나 예배드리는 시간보다 공동체 활동이 많은 것이 부담스러웠다. 내가 나갔던 곳은 작은 교회이다 보니 교우 간에 모두 알고 지냈으며, 진보적인 가치를 가진 곳이어서 항상 사회정의를 위해 활동했다. 목사님의 강론 또한 개인의 영성보다는 사회 정의에 대한 내용이 많았다.

그러나 나로서는 주중에도 시민운동을 하는데, 주말에도 운동 이야기를 하고 실천을 기획하는 것이 일의 연장인 것만 같았다. 당시 나는 몹시 지쳐 있었고, 심리적인 위안이 필요했던 시기였다. 그런데 그 교회를 다니다 보니 월화수목금금금 같은 일상을 보내게 되는 것이 힘들어, 결국 그만두었다. 그리고 한참을 돌고 돌아 지금은 불자가 되었다.

그렇게 다양한 종교를 경험하며 나는 신을 믿지 않게 되었고, 신의 존재를 부정하기까지 했다. '내가 신'이라는 생각으로 나만 믿고 살았다. 그런데 빈민운동을 통해 가난과 장애로 고통받는 사람들을 만나면서 다시 신을 생각하게 되었다.

살아가면서 결정과 노력은 자신이 하지만, 결과는 다른 문제였다. 갑작스런 사고와 병액이 닥치는 것은 노력과 무관했다. 일이 풀리고 확장되는 상황에서 만나는 인연에 따라 결과가 달라졌다. 가난과 장애로 고통받으면서도 주변을 생각하고 나누는 사람이 있고, 누가 봐도 모든 걸 가졌으나 인색하게 구는 사람이 있었다. 나는 이 모든 게 신의 설계가 아닐까 생각했다. 나는 왜 종교 주변에서 맴돌았는가. 내게 어떤 사명이 있길래 여기까지 왔을까 고민했다.

그렇게 쉰이라는 나이가 다 되어서야 신의 존재를 믿게 되었다. 신은 존재하되 부르는 명칭이 다를 뿐이고 그분을 만나는 길이 여러 가지일 뿐이라는 생각이다. 다만 신을 만나는 길이 종교일 텐데 나는 그 길의 초입에서 되돌아오기를 반복했고, 그 길에서 만난 사람이나 길의 형태만을 보면서 신이 없다고 경솔하게 판단했던 것이다.

내 의지대로 되지 않을 때면 분노하고, 노력한 결과가 수포로 돌아가면 절망하고, 수도 없이 주위 사람과 비교하며 아파했던 시간을 살았다. 뜻대로 되지 않을 때 복수하는 마음으로 나를 일으켜 세우며 살아왔던 독기가 신과의 만남을 방해하고, 순리의 편안함에 다가서지 못하게 했다. 그러나 신의 존재를 믿고 나니 악착같은 독기가 사라졌다. 그리하여 이제는 계산하듯 노력의 대가를 예측하던 습관을 버렸다. 오늘을 살되, 내일의 결과는 신의 몫이라는 생각 때문이다.

느닷없이 신과 통할 수 있다면 그보다 좋을 순 없겠지만, 아직은 길 위에서 한 발 한 발 걷고 있다. 나는 매일 아침 기도한다. 그리고 기도 말미에 말한다.

"오늘을 살겠습니다. 모든 것은 신의 뜻대로."

최.영.선이라는 세 글자

가족이나 친밀한 친구는 나를 어떤 사람이라고 표현하는가. '나는 누구인가?'를 생각할 때는 주로 타자의 시선으로 본 나를 나라고 생각할 때가 있다. 물론 나를 옆에서 보아온 사람의 시선은 아주 중요하다. 내가 믿고 따르는 사람이 나에 대해 말한다면, 부정하고 싶어도 나를 그런 사람으로 인식하게 된다. 그런데 과연 그 모습이 진짜 나일까? 혹시 나라고 생각하는 나는 아닐까?

나는 어떤 품성을 갖고 있으며 어떤 방식으로 관계를 맺는 사람일까? 나는 과감하게 도전하는 사람인가? 다른 사람을 돕는 사람인가? 결실을 맺는 사람인가? 그렇게 죽을 때까지 자신을 찾다가 생을 마감하는 게 인간의 숙명인 듯하다. 시대가 바뀌어도 성격이나 기질을 검사하는 도구는 계속 발달하고, 심지어 영적인 체질까지 찾아보려는 탐구는 변함없이 계속된다. 나 역시 아직도 내가 누구인지 잘 모르겠다.

"영선아, 너 같지 않아."

10여 년 만에 만난 중학교 때의 절친 영숙이가 말한다.

"너희들이 기억하는 나는 어떤 사람인데?"

나는 되물었다.

당시 영숙이와 다른 친구가 기억하는 나는 친구들 앞에서 까불거리던 명랑한 아이였다. 친구는 내가 가정형편이 어려웠다는 것과 외조부모의 손에 자랐다는 사실은 알고 있었지만, 사랑과 돈의 결핍으로 괴로워했던 마음은 상상조차 하지 못했을 것이다. 명랑했던 친구가 갑자기 시민사회단체 활동가가 되고 타로 공부, 사주 공부, 마음공부까지 한다고 하니 신기하고 놀랍다는 것이었다.

친척들은 나에 대해 착하고 순한 아이라고 입을 모아 말했다. 나는 친척 집을 전전하며 청소년기를 보냈기에 눈치가 빨랐다. 친척 집에 얹혀살 때, 가장 곤란한 건 화장실 문제였다. 화장실 하나를 많은 가족이 함께 사용하는 것도 불편했지만 '우리 집' 화장실과 '남의 집' 화장실을 이용하는 것은 마음가짐부터 달라진다. 눈치를 주지 않아도 자연히 눈치를 보게 된다. 이모 부부와 사촌들이 모두 사용하고 난 다음, 또는 사용하는 중간중간 재빨리 이용해야 한다. 그래서 나는 변을 참는 경우가 자주 있었고, 마음 놓고 샤워를 해본 적도 없다. 밥도 많이 먹지 않았고, 설거지는 물론 사촌 동생들 봐주는 일까지 알아서 척척 했으니 착하다는 평가가 당연하다.

그러나 남의 집 신세를 지는 사람으로서 살기 위해 본능적으로 행동했을 뿐이지, 착한 아이여서 그렇게 행동했다고 보는 것만으로는 충분하지 않다. 사람들은 드러난 행위로 사람을 평가하거나, 때로는 생김새나 이미지로 판단한다. 그리고 관계가 깊어질수록 그런 판단 안에 자신을 가두고, 오로지 그 안에 있는 자신이 자기인 양 여기며 살아간다. '~답다'라는 표현이 바로 그런 감옥이다.

그러다 살아가면서 성장하게 되고, 확장하려는 자아가 그동안 입고 있던 옷을 벗고 나가려 할 때 번뇌가 생긴다. '좋은 게 좋은 것'이라고 넘어가던 일이 자꾸 눈에 걸리고, 다른 사람으로 살아가고 싶은 열망이 생기기도 한다. 타인의 삶에 관심이 생기고, 멀리 떠나고 싶은 욕구도 생긴다.

혹시 '제주도 한 달 살기'를 하고 싶은 마음이 든다면, 내 자아를 다시 한번 확장하고 싶다는 신호라고 여겨도 좋다. 40대 후반이 되고 50대에 들어서면 번뇌가 심해지는데, 그제야 진짜 나를 발견하는 시간을 가질 수 있다. 삶을 살아내느라 젊은 시절엔 미뤄뒀던 자아 찾기의 여정이 다시 시작되는 시간이다.

그렇다면 어떻게 해야 나를 발견하는 시간이 될 수 있을까? 방법은 간단하지만 용기가 필요하다. 작은 시도라 하더라도 익숙하지 않은 일을 하려면 성가신 생각이 먼저 든다. 그렇다 보니 한두 번 시도하다가 익숙한 곳으로 돌아가기 마련이다. 하지만 용기를 내보면 새로운 자신을 만날 뿐 아니라 그동안 봐왔던 나보다 더 확장된 자신을 만날 수 있다.

"확장된 자신을 꼭 만나야 하는가?"라고 질문한다면 "그렇다"라고 답하고 싶다. 육체적으로 나이가 들었다고 해서 그에 비례하여 어른이 되는 건 아니기 때문이다.

노인이 된 자신의 모습을 상상해 보자. 돈이 있지만 그악스럽거나, 돈이 없다고 궁상맞게 사는 자신의 모습을. 어찌 보면 끔찍하지 않은가? 열심히 사는 것이 잘 사는 것이라고 믿고 쉬지 않고 일했는데, 재산이 있으면 있는 대로 욕심쟁이가 되어 주변에 사람이 없고, 없으면 없는 대로 위축되어 자신의 게으름을 탓하며 살아가는 게 노년의 초상이다.

어쩌면 삶의 목적은 단순할 수 있다. 잘 살아가고, 멋있는 사람이 되는 것 말이다. 한마디로 멋지게 잘 사는 사람이다. 잘 산다는 의미는 저마다 다르게 해석할 수 있지만 돈이나 집 등 환경적인 요소는 일단 젖혀놓고, 잘 살기 위한 씨앗을 뿌리는 것에서부터 이야기해 보자.

잘 산다는 것은 '나'라는 사람의 삶의 결과물일 것이다. 그렇게 잘 사는 '나'라는 열매를 맺기 위해서는 '나'라는 씨앗을 심어야 할 것이다.

그렇다면 나는 누구인가? 어떤 사람인가? 타인이 말하는 나인가, 아니면 내가 말하는 나인가?

대화하면서 우리는 종종 "나는 약속을 안 지키는 사람을 싫어해"라거나 "나는 뒤끝 없는 사람이야" 또는 "나는 배려가 많아서 탈이야"라고 말한다. 그러나 그것은 진짜 내 모습이라기보다는 내가 원하는 나이거나, 내가 보고 싶은 나의 모습일 것이다. 나에 대한 과대평가, 또는 과소평가다. 그렇다면 진짜 나를 어떻게 알 수 있을까.

첫째, 낯선 공간에 자신을 데려다 놓는 방법이 있다. 취미활동이라 하더라도 친구랑 가는 것이 아니라 혼자서 낯선 동아리에 가입한다. 또는 익숙하지 않은 공동체에 참여하는 것이다. 낯선 공간에서 낯선 사람을 만나는 자신의 태도와 느낌을 살펴보길 바란다. 타인을 만나고 있는 나에게 푹 빠지기보다 마치 제3자가 자신을 구경하듯이 봐야 한다. 좌중을 압도하고 모임마다 리더 역할을 했던 자신이 혹시 귀퉁이에 앉아서 손을 만지작거리고 있지는 않은지? 먼저 다가가지 못하고 누군가 말을 걸어주기를 기다리고 있는지? 주인공 역할을 했던 사람이라도 낯선 공간에서는 수동적이고 어색해하는 자신을 만나게 된다. 항상 그림자처럼 있는 듯 없는 듯 살아왔던 사람이 자신을 모르는 사람들 사이에서는 먼저 다가가거나, 생각보다 쾌활하게 사람을 응대하는 경우도 있다.

익숙하지 않은 상황에 자신을 던져보면 자신의 진짜 모습을 찾는 데 도움이 된다. 그러니 익숙하지 않은 공간에 가고, 익숙하지 않은 일에 도전하고, 습관적으로 나는 '못 해'라고 했던 소소한 일들도 해보는 것이 좋다.

둘째, 부정적인 감정에서 자신의 숨은 모습을 찾을 수 있다. 우선 자신이 불편해하는 사람을 떠올린다. 가까이 있으면서 걸리적

거리는 사람은 누구인가? 그 사람만 보면 기분이 나빠지고 말 섞기가 싫은가? 그 사람의 문제가 여러 가지 떠오를 것이다. 말을 거르지 않고 기분대로 말하고, 하고 싶은 대로 행동하고, 자기중심적으로 살이기는 사람이 맘에 들지 않는가? 내가 싫어하는 사람을 누군가 좋은 사람이라고 평가할 때 생기는 배신감을 떠올려보자. 나는 왜 그 사람이 싫을까? 자기 기분대로 행동하고 말하는 사람이 걸린다면 당신은 훌륭한 경전을 만난 것이다. 당신은 다른 사람의 기분에 맞추고, 다른 사람의 마음을 알아주면서 인정받는 사람일 수도 있지만, 때로는 똑같이 무례하게 돌변하는 자신을 만나기도 한다. 그동안 좋은 사람, 착한 사람이라는 평판을 받아왔다면, '인정'이라는 상을 획득하기 위해 내가 아닌 남의 감정을 살피느라 늘 감정적으로 피곤한 상태인 경우가 많다. 이런 자신의 감정을 살피며 스스로 '인정욕구'가 강한 사람이라는 걸 알게 될 수 있다.

셋째, 자신의 습관을 살펴본다. 그 습관이 자기 자신의 전부이다. 육신의 습관, 마음의 습관, 생각의 습관이다. 나는 몸을 어떻게 대하는 사람인가. 식습관은 어떠한지, 운동을 하는지, 휴식 시간에는 무엇을 하며 지내는지, 음주 정도는 어떠한지 등을 돌아보자.

어떻게 살아야 몸을 위하는 것인지 알면서도 습관적으로 몸을 망치는 경우가 많다. 나 또한 건강검진에서 문제를 발견하고 나서야 식습관을 고쳤지만, 아직도 충동적으로 과식하는 습관은 고치지 못했다. 식탐이 있다는 건 육감의 욕구에서 자유롭지 못하다는 것이다. 그러니 나는 먹고 싶다는 감정을 조절하지 못하는, 자제력이 부족한 사람이기도 하다. 식탐은 내가 어떤 사람인지 설명해 준다.

이번에는 마음의 습관을 살펴보자. 아무 일이 벌어지지 않았는데 불안한 상상을 하는 것도 습관이다. 나는 불안감이 큰 편이다. 그래서 좀처럼 안정을 누리지 못한다.

한동안 '전기장판이 고장 나면 어떡하지?' 하는 생각에 전기장판을 깔고 자는 겨우내 불안했다. 그런데 어느 날 장판이 불꽃을 내며 고장 났다. 하마터면 큰불이 날 뻔했다. 그런데 이상하게도 불안한 상황이 눈앞에 벌어지자 오히려 차분해졌다. 안정된 상태에서는 늘 불안하고, 불안한 상황이 벌어지면 오히려 '그것 봐, 그렇게 될 줄 알았어'라고 생각한다. 그런데 이러한 불안도 습관이다. 나는 늘 초조하고 불안한 사람인 것이다.

마지막으로, 생각에도 습관이 있다. 다른 사람의 행동을 보며 그의 마음을 의심하고 추측하는 습관이다. 자신의 촉으로, 혹은 자신이 만들어낸 분석으로 상대방을 판단한다. 그러니 선입견이 쌓이고 편견이 강하다. 그런 사람은 점점 그릇이 작아 잘 삐지고, 남들에게 엄격하며, 의심이 많다.

이렇듯 자신의 몸과 마음과 생각의 습관을 살펴보면 내가 어떤 사람인지 자신의 본질을 볼 수 있다. 그 습관이 곧 자신의 기질이자, 운명이다. 그러니 무엇부터 고쳐야 할지 스스로 찾아보자.

열정과 헤어지는 시간

나는 고백한다. 사람에게 지나치게 열정적이었다는 것을.

그동안 타인을 변화시키기 위해 무던히 애썼다. 어르고 달래기도 하고, 화내기도 하고, 많은 정보를 아낌없이 주면서 내가 생각하는 모습으로 상대방이 변화하기를 바랐다. 하지만 어찌 된 일인지 내 열정에도 불구하고 주변 사람들은 변화하기는커녕 도리어 나를 멀리했다. 사람은 절대로 변하지 않는 존재인가? 나는 토라지고 실망하면서 사람에 대한 내 열정을 의심했다. 그리고 알았다. 그들은 스스로 원하는 방향으로만 추를 움직이고 있다는 것을.

친밀한 관계일수록 상대방에 대한 판단이 고정되기 쉽다. 그래서 이후 그가 변화하더라도 나는 그의 변화를 감지하지 못한다. 누구나 나름대로 사람을 보는 눈이 있을 것이고, 자신의 경험이나 촉에 비추어 타인을 평가한다.

나도 선입견이 강한 편이다. 좋아하거나 싫어하는 이유를 댈 수 없을 때 '느낌적 느낌'이 좋으면 친밀해지려고 노력하고, 그렇지 않으면 멀리한다. 나는 아예 모두와 적당히 친밀하되, 반드시 거리를 유지하는 관계를 맺어왔다. 한번 알고 지내면 길게 관계를 유지하지만, 깊은 친밀감은 떨어지는 경우가 많다. 그러니 자신과 가장 긴밀한 자기 자신에 대해서는 그 정해진 판단이 얼마나 견고하겠는가. 어쩌면 나의 선입견과 판단 속에 나 자신을 꽉 채우고 사는지도 모를 일이다. '나는 이런저런 사람이야'라고 말하면서 말이다.

내 친구 중 하나는 작은 일에 종종 분노하고 짜증을 낸다. 나는 그 친구를 건드리지 않기 위해 그가 싫어할 만한 행동과 말을 조심한다. 그래도 그가 짜증을 내면 나도 화가 난다. 헤어지고 나면 한참

동안 연락하지 않는다. 나름 거리를 두는 시간이다. 그런데 어느 날, 그 친구가 자신의 화와 짜증이 두려움에서 비롯되었다는 것을 고백했다. 관계와 일이 잘 풀리지 않을까 봐 두려워서 불안했던 것이다. 따라서 작은 문제가 생기거나 예상치 못한 일이 발생하면 짜증부터 먼저 내고 보는 것이 습관이 되었다는 것이다. 하지만 그런 자신을 반성하며, 다시는 자신의 불안으로 다른 사람을 불편하게 하지 않겠다고 했다.

타인을 볼 때는 어제의 그를 잊고 오늘의 그를 받아들여야 한다. 영아는 변화하고 있었다. 그런데 문제는 나였다. 그는 변하고 있었지만, 나는 있는 그대로 그를 봐주지 않고 언제고 다시 짜증 내는 사람으로 돌아갈 것이라고 확신했다. 오늘의 그, 내일의 그가 변함없이 어제의 그와 같다고 정해버리는 것이다. 그렇게 사람을 특정한다.

그렇다면 자기 자신에 대해서는 어떤가? 어제의 나와 오늘의 내가 같고, 내일의 나도 같지 않은가? 같은 문제로 고민하고, 비슷한 내용으로 다른 사람과 충돌이 일어나지는 않는가.

나는 부정적인 생각으로 긴장하고 두려워하니 화가 많거나 우울해진다. 아무리 노력해도 변하지 않는 나를 어떻게 하면 좋을까.

그래서 나는 나와 헤어지기 위해 걷고, 부딪히며, 꼼꼼히 놓치지 않고 점검했다. 좋지 않은 모습의 나를 떠나보내기 위해 나의 여러 모습을 살펴보며 고르는 시간이 필요했다. 그동안 살면서 타인과 헤어지는 데에는 이골이 났지만, 나와 헤어지는 건 어색한 일이다.

나는 가장 먼저 '내가 옳다, 내가 주도해야 한다, 내 직관이 결국

맞다, 저렇게 살면 안 된다' 등 내가 만들어 놓은 기준에 갇혀 희로
애락의 시간을 보내온 '분별하는 영선'과 이별하기로 했다. 그리고
그 뒤로는 매일 자신과 이별하는 공부를 하고 있다. 어제의 나를 기
억하는 자신을 성찰하고, 잊어버린다. 그리고 '지금 이 순간'으로
돌아와 나를 마주하고, 또 다른 이별을 준비한다. 그것이 매일 나 자
신의 기억에서 어제의 나를 지우는 연습이다.

두려움이 싫다면, 그로 인해 불안하고 고통스럽다면 오늘부터 두
려워하는 나를 지운다.

그런데 그와 동시에 슬픔과 분노에 빠지지 않게 도와줬던 기쁨과
즐거움도 함께 내주어야 한다는 사실을 마주했다. 그렇다 보니 그
어떤 이별보다도 당황스럽고 애잔해, 머뭇거릴 수밖에 없었다. 슬
픔과 분노와 이별하고, 즐거움과 기쁨과도 이별하면 남는 건 무엇
일까. 감정에 휘둘리지 않는 단단함이었다. 그러므로 때로는 좋은
것과도 이별할 수 있어야 한다. 그런 감정들을 보내야만 남은 삶을
함께할 시간과의 관계가 좋아질 수 있을 것이다.

자신과 이별하는 방법은 명상을 통해 가능하다. 하루에 15분 정
도 조용한 곳에 자리 잡고 앉아, 먼저 내 모습에서 버리고 싶은 부
분 하나를 정한다. 그리고 나의 부정적인 모습부터 하나씩 버린다.
예를 들어 프로젝트를 성공하지 못할까 봐 불안해하는 나를 버리고
싶다면 나의 불안을 떠올린다. 그리고 편안하게 호흡하면서, 불안
해하는 나를 안심시킨다.

물론 하루 15분씩 이렇게 한다고 해서 부정적인 내 모습이 완전

히 사라지지는 않는다. 그러나 일상에서 두려운 상황이 감지될 때, 그때마다 불안해하는 나 자신과 이별했다는 사실을 떠올린다. 그리고 1분이라도 잠깐 명상하는 시간을 갖는다. 이렇게 매일매일 명상하며 어제의 자신과 이별하는 연습을 하는 것이다.

자신의 능력이 부족하고 못난이처럼 여겨진다면, 자신이 못난 게 아니라 못났다고 생각하는 자신을 그저 바라본다. 두려움 그 자체가 아니라 두려워하는 자신을 바라보며 하나씩 거리를 두고 이별한다. 그렇게 제대로 살아내지 못하리라는 불안과 싸우는 시간에서 조금씩 벗어나면 비로소 편안해질 수 있다.

어느 정도 편안해졌다면 슬슬 자신의 좋은 감정, 기쁨이나 유쾌함 등과도 이별한다. 그런 이별은 자칫 나를 무기력으로 빠지게 하지 않을까 의심할 수 있지만, 오히려 극단적인 기쁨과 슬픔으로 인한 불안정한 감정에서 벗어날 수 있다. 관계와 일에 대한 열정으로 만들어진 기쁨과 슬픔의 균형, 그 중간 지점에 도달한다면 비로소 느긋한 미소로 나를 기다리는 나를 만나게 될 것이다.

나는 이렇게 그토록 뜨거웠던 나의 열정과 헤어지는 중이다.
내 이별 공부는 지금도 현재진행형이다.

열정이라는
착각

열정이라는 착각

(열심히 살면 성공한다는 신념, 그 착각에 대하여)

[행복한 문학®] 시리즈 No. 04

지은이 | 최영선
발행인 | 홍종남

2024년 5월 8일 1판 1쇄 인쇄
2024년 5월 15일 1판 1쇄 발행

이 책을 만든 사람들
책임 기획 | 홍종남

북 디자인 | KHJ북디자인
표지 삽화 | 정지란
출판 마케팅 | 김경아
제목 | 최영선
책임 교정 | 이홍림
교정 | 주경숙, 김윤지

종이 및 인쇄 제작 파트너
JPC 정동수 대표, 천일문화사 유재상 실장, 알래스카인디고 장준우 대표

펴낸곳 | 행복한미래
출판등록 | 2011년 4월 5일. 제 399-2011-000013호
주소 | 경기도 남양주시 도농로 34, 301동 301호(다산동, 플루리움)
전화 | 02-337-8958 팩스 | 031-556-8951
홈페이지 | www.bookeditor.co.kr
도서 문의(출판사 e-mail) | ahasaram@hanmail.net
내용 문의(지은이 e-mail) | cysmadonna@gmail.com
※ 이 책을 읽다가 궁금한 점이 있을 때는 지은이 e-mail을 이용해 주세요.

ⓒ 최영선, 2024
ISBN 979-11-86463-72-7
〈행복한미래〉 도서 번호 103